해방촌 고양이

황인숙 글 | **이정학** 그림

숲

1부. 고양이로 산다는 것

2부. 더듬더듬 나들이

3부. 사노라면

4부. 떠듬떠듬 책읽기

1부
고양이로 산다는 것

고양이와 산다는 것

고양이 세 마리와 함께 사는 내 조붓한 집의 공기는 질소와 산소 말고도 '고양이털'이라는 주성분을 지녔다. 고양이가 반려동물의 지존 자리를 개에게 넘길 수밖에 없는 단 하나 이유는 그 왕성한 털 빠짐에 있다는 말이 있다. 털, 털, 털! 그 옛날 길거리에서 사 어머니께 선물했던 인조모피 목도리가 절로 떠오른다. 겉보기에는 진짜 밍크처럼 반드르르 윤이 흐르지만 숭덩숭덩 털이 빠져 무안했었지. 결국 어머니는 서너 번 두르신 뒤 그 싸구려 목도리를 옷장 안에 고이 간직하셨다. 내가 그것을 쓰레기통에 던져버린 한참 뒤에도 어머니의 검정색 코트에는 그 털이 묻어 있었지.

고양이 세 마리가 생산하는 털을 한 주일 모아두면 모자 하나를 거뜬히 짤 수 있을 것이다. 내 고양이들이 전부 단모종임에도 그렇다. 하루 한 번 빗질해서 두 움큼의 털을 없애도 진공청소기는 방바닥에서 또 그만큼의 털을 빨아들인다. 그리고도 냥이 하나가 품에 안겼다 가면, 입고 있는 옷은 털투성이가 된다. 내 눈썹에도 고양이털이 걸려 같이 깜빡거리고, 뺨이 간질거려 거울을 보면 어김없이 고양이털이 묻어 있다. 수건에도 있고 속옷에도 있는 고양이털. 얼마 전 인터넷 고양이카페의 벼룩시장에서 사들여놓은 공기청정기도 탄소필터에 고양이털을 잔뜩 걸어놓고 있을 것이다. 그렇거나 말거나 고양이들은 말끔하게만 보인다.

고양이의 하루에서 그루밍(털 핥기)은 빼놓을 수 없는 행사다. 보통 하루 네 시간을 그루밍으로 보낸다는데, 내 고양이들은 빗질을 제대로 받은 덕분에 그럴 필요가 없어서인지 길어야 이십 분을 넘기지 않는 것 같다. 그런데 그때의 모습이란, 나르시시스트가 바로 저런 거로구나 싶다. 눈을 지그시 감고, 제 어깨나 가슴팍부터 핥기 시작하는데, '아, 난 얼마나 소중한가, 그리고 얼마나 아름다운가!' 전신으로 되뇌는 것 같다. 뒷다리 하나를 번쩍 들고 샅을 거침없이 핥을 때는 웃음을 참을 수 없이 좀 '깨지만', 거동 하나하나 생김새 하나하나, 홀릴 정도로 아름다운 동물이 고양이인 건 사실이다. 그럴 생각도 없으려니와 힘도 없어, 돈 한 푼 벌어오지 않고 나를 지켜주지도 못하지만, 제 아름다움만으로도 내 시중을 받을 권리가 있다는 걸 그들은 아는 듯하다.

그렇다고 고양이가 오만한 건 아니다. 담담할 뿐이다. 우리 둘째 고양이인 보꼬가 그 순하고 선한 아몬드 모양의 회록색 눈으로 나를 바라볼 때면 전적인 신뢰와 사랑이 전해져와 가슴이 뭉클하다. '글쎄, 아직 나무랄 데는 없는데' 하면서도 거리를 두는 첫째 란아의 서늘한 초록빛 눈이나, '나한텐 당신밖에 없어요. 날 버리지 않을 거죠? 날 보호해 줄 거죠? 나를 제일 사랑해주면 더 좋으련만' 하는 애처로운 표정을 이따금 담는 셋째 명랑이의 호박색 호동그란 눈도, 내가 건강히 오래 살아야겠다는 각오를 불끈 다지게 한다.

보꼬와 명랑이는 흔히 '치즈태비'라 불리는 노란 줄무늬 고양이고, 란아는 흔히 '젖소'라 불리는 검정 얼룩고양이다. 노란고양이는 달콤하고 까만 고양이는 새콤하다. 그 달콤새콤함에 길들여지면, 둥둥 떠다니는 한 오라기 고양이털을 그러려니 하고 후후 불어가며 식은 커피를 마실 수 있다.

얼마 전, 이십여 년 만에 소식이 닿은 친구 둘이 우리 집을 다녀갔다. 그중 한 친구가 "네 살림은 하나도 없고 다 고양이 살림이네. 이게 고양이 집이지 사람 집이냐?"라며 깔깔 웃으면서도 질색했다. 그러고는, 왜 고양이를 키우느냐, 세 마리는 너무 많은 거 아니냐며 고개를 절레절레 흔들었다. 내 사는 게 변변치 않아 보이는 것도 그 친구의 걱정을 키웠을 것이다. 말끝에 그가, 빈말이었겠지만, 고양이들을 다 내보내라고 해서 나는 "얘들은 내가 돌보지 않으면 살아남지 못해"라고 우물거렸다. (내 고양이들아, 그런 말을 입에 담아서 미안!). 그러자 그 친구는 세상에 불쌍한 사람이 얼마나 많은데, 여력이 있으면 그런 사람들에게 눈을 돌려야 마땅하다고 강변했다. 그가 자선이나 후원에 기꺼운 사람이라는 걸 몰랐으면 내가 짜증을 참을 수 없을 말이었다. 그런데 친구야, 이걸 말하고 싶어. 가령 잡지에서, 매월 2만 원이면 지구촌 오지의 어린이에게 큰 도움이 된다는 안내를 보고 후원신청서를 보낼 확률은, 고양이를 기르는 사람이 그렇지 않은 사람보다 더 높을 것이라는 것. 이 역시 고양이에게는 미안한 말이지만, 고양이한테도 돈을 쓰는데 사람한테 안 쓴다는 건 엄청난 가책을 받게 되는 일이거든.

나의 수더분한 나비부인

국어사전에서 '초상화(肖像畵)'를 찾아봤다. '어떠한 사람의 얼굴 모습을 그린 그림'이라고 나와 있다. 짐작대로, 고양이의 얼굴 모습을 그린 그림은 초상화라고 하지 않는 것 같다. 왜일까? 답을 알 수 있을까 해서 한문을 살펴봤다. 그림 '화(畵)'나 모양 '상(像)'이나 아무런 실마리를 주지 않는다. 그렇다면 '초(肖)'에? '초상화'가 실린 페이지에서 종종종 세 페이지 뒷걸음질쳐 '肖'를 찾아보니 '같다' '닮다'라고 풀이돼 있다. 뜻풀이만으로는 왜 개나 고양이, 혹은 말, 쥐의 얼굴 모습을 그린 그림을 초상화라고 하지 않는지 알 수 없다. 아마 뭉뚱그려서 '동물화'라고 할 텐데, 조각 쪽으로 넘어가면 동물을 소재로 한 작품도 '반신상'이나 '토르소'라고 할 것 같다. 한 달 안짝부터 나한테 친한 척하는 고양이 얼굴이 떠올라서 '고양이 초상'을 그려볼까 했다. 지금, 새벽 3시 22분이다. 다른 날 같으면 내 기척을 듣고 문 앞에 와 밤참을 졸라댈 텐데, 제법 젖을 만하게 후드득 비가 오니 제 집에 웅크리고 앉아 이럴까 저럴까 재고 있을 것이다.

아까 참에 자정이 막 지나 친구 집을 나올 때 빗방울이 떨어지기 시작했다. 그래서 집까지 걸어서 오려던 생각을 바꿔 택시를 탔다. 동네에 들어설 무렵에는 빗방울이 굵어졌지만 문득 고양이 먹일 만한 게 집에 아무것도 없다는 생각이 나서 튀김 등속을 파는 노점 앞에서 내렸다. 순대를 샀는데 장사를 파할 시간이어서인지 굉장히 많이 줬다. 따끈따끈 묵직한 봉지를 들고 걸음을 재촉해 왔다. 다행히 비는 내가 집안에 들어와 문을 잠근 뒤에야 본격적으로 왔다. 그런데 불행히, 잠깐 방바닥에 앉아 잡지를 뒤적이는 동안 나도 모르게, 배가 전혀 고프지 않았음에도, 순식간 순대를 반이나 먹어치우고 말았다. 고양이 때문에 정말 내가 못살아!

이 고양이는 작년 봄에 태어났다. 그리고 작년 초가을부터 내가 사는 옥상을 얼쩡거리더니 올봄에 새끼를 낳았다. 그러니까 그전에는 암고양이인 줄도 몰랐다. 저는 나를 알아보는지 몰라도 내게는 일반 고양이에 불과했는데, 말하자면 아기고양이 때부터 아가씨고양이 시절을 거치도록 스쳐 살면서 눈에 들어오지 않았는데 고양이부인이 된 후에야 낯을 익히게 된 것이다. 아무리 눈

썰미 없는 나일지라도 낯을 익힐 수밖에 없는 것이 외출하려고 문을 나서면 그 앞에 앉아 있다가 옹알거리는 소리를 내면서 아는 체를 하고, 하루에도 몇 번씩 먹을 것을 졸라대 나를 끌어낸다. 전에는 그저 며칠에 한 번씩 놓아주는 대로 내가 안 보는 새에 먹었는데 새끼를 낳은 후부터는 맡겨놓은 듯이 군다. 그래서 어느새 밥그릇과 물그릇을 장만해 주게 됐고, 가끔 밥그릇을 설거지도 해주게 됐다. 가만히 눈치를 보니 이놈이 저만 먹는 게 아니라 제 서방도 먹이고 새끼들도 먹이는 것 같다. 나만 등골이 빠진다. 배달받아 먹는 우유도 마셔본 지 오래다. 먹일 게 넉넉지 않으니 우유에라도 밥을 말아서 주게 된다. 동네 식당에 고양이 먹이를 걷으러 다닐까도 심각하게 고려 중이다. 밥을 가져다 주러 가면 아비고양이와 새끼고양이들이 내 기척에 꽁무니가 빠져라 달아나서 멀찌감치 떨어져 내가 사라지기를 기다린다. 고양이부인은 나란 인간쯤 자기가 다룰 줄 안다는 듯, 자기랑 나랑은 그런 사이라는 듯 뽐내며 밥그릇 주위를 맴돌기도 하고 가만히 앉아 있기도 한다. 쪼그리고 앉아 자세히 보니 고양이부인의 녹색 눈이 짝짝이였다. 오른 눈은 정상 크기인데 왼눈은 절반 크기로 작다. 다친 게 아니고 원래 그렇게 생겼다. 또 왼쪽 얼굴은 노랑 얼룩이고 오른쪽 얼굴은 까만 얼룩이다. 나는 고양이를 좋아하는 편이다. 고양이가 내가 주는 것을 맛있게 먹는 게 기쁘다. 그런데 이 고양이부인이 자기 새끼들에게 먹이 구하는 법을 이런 식으로 가르쳐서는 안 된다고 본다. 내가 이사라도 가면, 여행이라도 가면 어떡할 건가? 멀쩡한 도둑고양이 가족을 집고양이 만들어놓은 것 같아서 마음이 무겁다.

화들짝 벚꽃 피고

　며칠 전 전철을 타고 수원역에 다녀왔다. 고양이카페 벼룩
시장에 올라온 고양이 간식캔을 사기 위해서였다. 열여섯 캔에
만 팔천 원. 제 값이 이만사천 원이니까 육천 원 싸다. 수원역까지
다녀오는 두 시간여와 3kg 가까운 무게를 옮기는 노고를 육천 원
과 바꾸는 것이다. 차비를 빼면 오천 원이다. 누가 시켰으면 입에
거품을 물고 화를 냈을지도 모를 일이다.

　그 벼룩시장 거래는 대개 전철역 개찰구에서 이뤄지기 때
문에 아무리 먼 곳이라도 차비는 기본요금만 든다. 그 재미도 쏠
쏠하긴 하다. 수원역은 이번이 세 번째다. 내가 또 이러고 있구나,
한심하다 한심해. 노약자석 옆 출구에 바짝 붙어 서서 좀 풀이 죽
어 있다가 나는 가슴이 철렁했다. 차창 밖으로 거리에 벚꽃이 흐
드러지게 핀 것이다. 아니, 어느 새!?

그제는 부랴부랴 남산에 올라갔다. 다음날 비가 온다는 일기예보를 듣고 벚꽃이 다 질까 봐 초조했던 것이다. 벚나무들이 공중에 뭉게뭉게 꽃을 피우고 있는 남산에는 꽃놀이를 온 관광버스들이 줄지어 있었다. 남산 북동 쪽, 조지훈 시비가 있는 꽃길은 다행히도 벚꽃이 제철을 시작하는 참이었다.

옥상에 나가 남산을 올려다본다. 시립도서관에서 서울타워로 뻗어 있는 능선에 연분홍빛 띠가 둘러져 있다. 아무 때고 남산을 바라보는 이 호사도 한동안 누리지 못하겠다. 아침에 집주인이 다녀갔다. 내 옥탑방이 있는 이 건물을 개축한단다. "옥상 방도 아주 근사하게 지어놓을 테니 다시 들어오세요." 사실 몹시 낡은 건물이긴 하다. 더 멋지게 새로 지은 공간에 살게 된다니 좋은일이다. 게다가 집주인은, "여기보다 좁아서 불편하긴 할 텐데." 라며 근처에 새로 지은 자기 소유 건물의 원룸 하나를 내줄 테니 공사 기간에 거기서 지내라는 호의를 베풀었다. 내가 집주인복하나는 타고났다. "얼마나 걸릴까요?" "글쎄요, 세 달쯤?" 세 달 간격으로 두 번 이사해야 하다니! 세상에서 제일 무서운 게 이사다. 그래서 나는 쫓겨나기 전에는 절대 이사하지 않는다. 먼저 집에서는 12년을 살았고 그전 집에서는 9년을 살았다. 두 번 다 피치 못할 사정으로 이사했다. 이번 집은 퍽 마음에 드는데. 이달 말쯤에 움직여야 한다.

  좁은 곳이라니 이 살림을 다 어쩜담. 요전 살던 집은 여기의
반도 안 되는 공간이었다. 그때보다 이삿짐이 엄청 늘었다. 커다
란 캣타워가 두 개, 작은 캣타워가 한 개, 스크래치 포스트, 야옹
이 안락의자, 야옹이 라탄하우스, 야옹이 원목침대, 야옹이 유모
차, 야옹이 휠캐리어, 야옹이 모래 40kg, 야옹이 점보 화장실도 하
나 더 늘었고 또 야옹이 간식캔 54개와 사료 15kg가 배달돼 올 것
이다. 야옹이 살림만도 원룸 하나가 필요하겠다. 거기다 열 개의
화분과 삼단 화분진열대, 장식장, 4인용 식탁 세트, 신발장, 공기
청정기, 진공청소기, 데스크탑 컴퓨터도 전에 없던 거고, 냉장고
는 중형에서 대형으로, 침대는 싱글에서 퀸으로 사이즈가 커졌

다. 12년 사용했던 낡은 침대를 이사하면서 바꿨는데 가구점에서 하나 남은 퀸사이즈를 싸게 준다는 바람에 침실도 크겠다, 얼씨구나 하고 사버린 것이다.

지난번 이사를 맡아줬던 분이 간절히 생각난다. 정말 미더웠는데, 명함을 잘 간직할걸. 천 년 만 년 이사할 일 없을 줄 알았지…. 참, 미국에 사는 언니에게 부치려고 지난겨울에 산 황토매트도 아직 장롱 위에 있구나! ㅜㅜ….

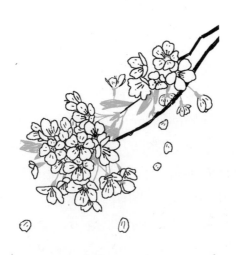

겨울 나그네를 위하여

대관령의 내일 최저기온이 영하 29도가 되리라는 예보를 듣는 추운 밤이다. 두꺼운 외투를 걸치고, 눈만 남긴 채 목도리로 얼굴을 둘둘 감싸 매고 집을 나섰다. 꾸물거리다 보니 자정이 다 돼간다. 쓰레기봉투와 비닐가방을 한 손에 거머쥐고, 다른 한 손은 주머니 속에 찔러 넣었다. 물병에서 더운 기운이 팔을 타고 올라온다. 한결 따뜻하다.

교회 옆집 담장 밑, 쓰레기를 버려두는 곳에 쓰레기봉투를 내려놓는다. 스티로폼 상자들이니 페트병들이니 쓰레기봉투들이 끼리끼리 잔뜩 쌓여 있다. 한 옆의 좁다란 화단에 죽었는지 살았는지 모를 화초들이 납작 엎드려 있다. 이 시간쯤에 폐지뭉치나 빈 병을 걷으러 이곳에 들르는 듯한 할머니도 뵈지 않는다. 골목으로 접어드니 저만치서 한 남자가 뚜벅뚜벅 걸어오고 있다.

그의 양손에 들린 쓰레기봉투를 보니 마음이 놓인다.

보안등 아래, 눈에 익은 흰색 SUV가 충직한 개처럼 자리를 지키고 있다. 주차장이 비어 있을 때도 저 차는 저기 세워져 있다. 어쩌면 차 주인이 이 연립주택에 사는 사람이 아닐지도 모르겠다. 차 세 대로 빼곡한 주차장 입구, 오른쪽 벽에 너덧 개 퍼런 모래부대가 만드는 작은 구석이 내 목적지다. 어스름 속에서 손을 더듬어 보니 고양이 밥그릇과 물그릇이 없다. 사료가 든 비닐봉지를 넓게 벌려, 밥그릇 있던 자리에 놓았다. 물그릇으로 쓰는 구운 김 포장용기를 하나 챙겨 와서 다행이다. 그동안 아무도 그릇을 치우지 않아, 이 연립주택에 사는 사람들은 다 인정스럽다고 생각했는데… 코팅돼 매끄러운 윤이 나던 그 갈색 종이곽은 초밥 포장용기였는데, 꽤 오래 써서 삼계탕 포장용기인 플라스틱 통으로 바꾼 게 어제였다. 그래서 더 눈에 띄었나. 언제고 이런 날이 오리라 각오했지만, 딴 때도 아니고 이렇게 추운 날 어떻게 그걸 치워버릴 생각이… 그 마음을 생각하니 한기가 든다.

내가 여기 고양이 밥을 놓기 시작한 것은 지난 초가을, 어느 고양이를 만난 때부터다. 털이 부숭부숭한 흰색 고양이라서 눈에 유독 띄었는데, 처음부터 애옹애옹 울면서 내 신발에 비비적거리고, 길바닥에 발라당 누워 뒹굴뒹굴 애교를 부렸다. 평소 잘 다니지 않는 길이라 전에는 본 적 없지만, 이 골목에서 태어나 살아왔을 것이다. 나이는 오륙 개월 돼 보이는데, 제 어미도 형제도 어디 가고 얘 혼자 남았을까? 어쩌면 누군가 키우다 버린 것일까? 한창 귀여울 새끼고양이 때 키우다 좀 크면 내다버리는, 그런 믿을 수 없는 사람이 종종 있다.

　비교적 통통하고 사람을 경계하지 않는 걸로 미루어 길에서 그렇게 험한 일은 당하지 않아온 것 같았다. 아마 길고양이로서는 드물게 털이 흰색인 덕분일 것이다. 한번은 환할 때 보니 꼬질꼬질 때가 타 거의 잿빛이었다. 밥은 뒷전으로 고개를 들이대기에 쓰다듬어주는데, 쉬지 않고 그렁그렁 소리를 냈다. 정이 그리운 모양이다. 한 오 분은 쓰다듬은 것 같다. 질리지도 않아하는 애한테서 손을 거두고 돌아오는데, 한참을 쫓아오다가 한 무리 남학생들을 보고 차 밑에 숨었다. 그새 걸음을 빨리해 멀어지면서 손바닥을 보니 구두약을 바른 듯 새까맣게 반들거렸다.

　어디 있니? 너무 춥지? 걔를 어떡해야 하나. 내가 사는 용산구가 자랑스럽게도 인도적인 유기동물 관리 프로그램을 시행하고 있다니 한가닥 다행이지만….

고양이 친구들

　　고양이를 사랑하는 사람들이 회원인 인터넷 카페에, 깨어 있는 대부분 시간을 쏟아 부은 지 2년이 다 돼간다. 밥 먹으면서 군것질하면서, 심지어 졸면서도 카페를 고살고살 헤매고 다녔다. 그뿐인가. 그곳 벼룩시장을 통해 거래를 하느라 수원이니 의정부니 성남이니, 허구한 날 '장돌뱅이'처럼 돌아다니고, 그러자니 몸도 곤하고 시간을 낼 수 없어 친구들도 거의 만나지 못하고 살았다. 그 좋아하는 영화도 못 보고, 헬스장도 빠지기 일쑤. 폐해가 이만저만이 아니다. 정말 인터넷 종량제라도 됐으면 싶다. 아, 인터넷 때문에 인생을 탕진하는 불상사가 내게 일어날 줄이야! 너덧 달 전에는 급기야 카페를 탈퇴하리라 결심했는데, 아직 이러고 있다. 그래도 몇 년이나 지난 게시글에 덧글을 올리고 있는 따위 짓을 이제는 안 하니 좀 나아진 셈이랄까.

이 카페에 가입하려면 나이가 만 18세 이상 48세 이하여야한다. 나는 아슬아슬하게 나이 제한을 통과했는데, 대다수가 20대로 이뤄진 이 세계에서 아마 최고령이지 않을까? 나 보기가 힘들어 짜증이 난 친구의 험담대로, '한심하게' 자식뻘 되는 애들이랑 놀고 있다. 며칠 전에는 소위 '번개'도 했다.

한 회원이 빚 대신 받은 한 무더기 옷을 나눠주겠다고 퀴즈 이벤트를 벌였는데, 원피스는 44, 청바지는 25라는 천하에 몹쓸 사이즈뿐이었다. 내겐 가당치 않은 치수 옷이지만 재미로 열심히 끼어들었다. 그리하여 이벤트 주최자께서 내 열심을 인정하사, 퀴즈는 못 맞췄지만 특별상으로 정상 성인여성 사이즈의 청바지와 운동화를 보내주신 것이다. 그에 대한 감사 글을 올렸을 때 그이는 자신이 운영하는 24시간 편의점으로 밤샘근무를 나가려는 참이었다. 마침 손님이 적은 날이라고, 그 편의점에서 야간 번개를 하자는 얘기가 오갔다. 그래서 급작스레 '막차 타고 가서 첫차 타고 돌아오기' 번개를 하게 된 것이다.

카페에서 닉네임으로만 알고 있던 사람들을 직접 만나니 반갑기도 하고 수줍기도 했다. 여자인 줄 알았는데 남자인 사람도 있었고, 그 반대도 있었고, 얼굴에 애티가 잘잘 흐르는 여대생도 있었다. 다들 어렸는데, 심지어 내 또래려니 짐작했던 편의점 주인도 나보다 거의 열 살 적은 부인이었다. 특별상을 보내주겠다며 주소를 알려달라는 메시지 끝에 "참고하게 나이를 가르쳐 주세요"라고 적혀 있기에, 내키지 않는 걸 꾹 참고 사실대로 답한 적이 있는데, "오십? 꺾어진 오십이오? 흠… 퍼스나콘도 그렇고 왠지 남자라는 의혹이…"라고 돌연 불신에 가득 차고 샐쭉한 듯한 답신이 왔더랬다. 그래 나도 샐쭉해져서, "허허허허… 다른 건 몰라도 남자만은 절대 아니랍니다!"라고 답했는데, 이제 만났으니 내 말이 다 정말이라는 걸 알았겠지.

편의점 앞 테이블에 둘러앉아 한 회원이 가져온 부침개를 주인이 내온 커피랑 맥주랑 곁들여 먹으면서 우리는 곧 정신없이 떠들었다. 고양이 얘기만 나오면 평소 과묵한 사람도 수다쟁이가 되는 게 공통점인 사람들이었다.

10여 년 전, 소설가 이제하 선생님을 따라 선생님이 가입한 인터넷 동호회 정기모임에 갔을 때, 웃겨서 죽는 줄 알았다. 청춘 남녀와 선생님이 서로 '폭풍님'이니 '라메르님'이니 부르는데 어찌나 웃기던지! 그런데 내가 '그럭저럭님' '바리이모님' '리리아캣님' '건어물녀님' '곰반달님' '히덩님'을 천연덕스럽게 부르게 될 줄이야.

선물의 기쁨

내가 드나드는 인터넷 카페는 고양이를 좋아하는 사람들의 모임이다. 거기서 나누는 얘기는 당연히 고양이에 대한 것이 대부분이지만, 드물지 않게 '남자친구 생일이 다가와요' '친구가 아기를 낳았어요' '여자친구 집에 인사를 하러 가는데요' 하면서 무슨 선물이 좋을지 묻는 글이 올라오기도 한다. 그러면 27세 남자나 갓난아기나 초로에 들어선 남녀가 좋아할 만한 품목을 추천하는 덧글들이 왁자지껄 붙는다. 선물이라는 게 남의 선물이라도 참 흐뭇해서, 기꺼이 머리를 맞대고 궁리하는 것이다. 그 사람도 그 마음을 알기에 선물 고르는 기쁨을 선물하는 마음으로 조언을 요청하는 것일 게다.

미운 놈 떡 하나 더 주는 경우도 있겠지만, 선물은 호감을 표시하는 방법이며, 호감을 사는 방법이기도 하다. 호감 외의 대가를 바라지 않는다는 점에서 선물은 뇌물과 다르다. 선물을 받으면 즉각적으로 그에 상응하는 선물로 답례하고 싶은 게 인지상정이지만, 그러면 선물하는 사람의 성의를 보람 없게 만들 수도 있으니 좀 참는 게 좋다. 예컨대, 없는 돈에 무리하게 선물을 마련하는 자기희생의 기쁨을 무효로 만드는 셈이 될 수 있다. 그런데 그 사람은 왜 무리해야 하는 선물을 보내는 걸까? 물질보다 마음이 중요하다고는 하지만, 그 마음을 보여주는 증표는 결국 물질이기 때문이다. 그 사람이 그걸 의식해서가 아니라 절로 그렇게 드러나는 것이다. 그래서 말로만 실컷 호감을 표시하고, 선물은 보잘것없는 물건으로 때우는 부자 친구의 마음은 믿을 게 못된다.

선물을 받으면 기쁘다. 선물에 깃든 호감도 반갑지만, 화장품이랄지 옷이랄지 맛있는 과자 꾸러미가 소박한 일상에 느닷없이 풀어놓는 풍요로움이 기쁘다. 내 힘만으로 살아야 한다는 엄연한 현실을 잠시 잊고, 내 편이 돼주는 누군가가 세상에 있다는 든든한 미더움이 문득 삶의 긴장을 풀게 하는 것이다. 그래서 우리는 호감을 표시하거나 호감을 사려는 의도 없이, 그저 그 사람을 기쁘게 해주고 싶어서도 선물을 하게 된다. 그때 선물을 하는 사람은 자기 자신에게, 어떤 사람에게 기쁨을 주는 기쁨을 선사하는 것이다. 선물 하나가, 아름답게 번지는 노을처럼 기쁨의 맥놀이를 일으킨다.

생일이라거나 무슨 기념할 만한 날에 당연히 받을 줄 알았던 선물을 못 받으면 실망이 크다. 문득 잘못 살아온 것 같은 자괴감마저 든다. 그런데 가진 게 많은 사람들한테 선물할 일이 생기면 영 난처하다. 요긴할 듯한 물건이 도무지 떠오르지 않는 것이다. 그러니 부자들은 '도대체 인간들이 받을 줄만 알고 답례할 줄을 몰라'라며 투덜거리지 말아야 한다. 그들은 제 운명 자체가 커다란 선물이니까.

생애 처음으로 받은 선물이 뭘까 떠올리려니, 어린 시절로 거슬러 올라가 옛 기억을 훑어보지 않을 수 없게 됐다. 그런데 아무리 샅샅이 뒤져도 선물 받은 기억이 없다. 글쎄, 어떤 생일에 아버지가 주신 약간의 돈? 지금이라면 '뭐니 뭐니 해도 현금이 제일이야' 하겠지만… 선물 없는 어린 시절을 보냈다는 걸 깨달으니 좀 풀이 죽는다. 생활의 멋을 모르고 살았던 시절이어서인지 내가 어렸을 때는 친척어른들도 명절 같은 날 친척아이에게 선물로 돈을 줬다. 그 돈이라는 것도 '모았다 뭘 사주겠다'는 엄마한테 '압수당하기' 마련이니, 가족 생활비에 보탬이 됐지 아이의 몫이 아니었다. 아, 내가 초등학교 4학년이었던 크리스마스가 생각난다. 모처럼 500원쯤의 용돈을 내 몫으로 지니게 됐는데, 언니가 선물을 사주겠다며 날름 채갔다. 나는 떨떠름해하며, 그러나 할 수 없이 언니가 어떤 선물을 사올지 기대했다. 그런데 내가 받은 건 분홍색 플라스틱 장난감 전화기였다. 나는 기가 막혀, 거의 부들부들 떨었던 것 같다. 유치원 다니는 애나 갖고 놀 장난감을 받고 내가 퍽 기뻐할 줄 알았던 걸까? 내 부루퉁한 얼굴을 언니는 좀 찔리는 기색으로 흘겨보더니 휙 자리를 떴다. 나는 분이 나서 그 분홍 전화기를 책상 밑으로 내동댕이쳤다. 그 광경을 언니한테 들켰으면 치도곤 맞았겠지. 그때는 울고 싶었지만 지금 생각하니 웃음이 난다. 내게 그런 추억을 선사한 언니는 지금 미국에 사는데, 시도 때도 없이 선물을 보내준다. 자기 취향인 정장 옷도 내게 자주 보내곤 했다. 참다 참다, 내가 절대 안 입는다고 통보하자 언니가 삐진 적도 있다.

방금 택배가 왔다. 인터넷 고양이 카페 벼룩시장에서 주문한 고양이 옷들이다. 요즘, 고양이한테 옷을 입히는 게 유행인 모양이다. 그래서 나도 우리 고양이들한테 옷을  선물하고 싶어졌다. 노란색 원피스와 카키색 잠바다. 옷을 입혀 놓으니 얼마나 웃기는지! 두 고양이는 몸을 몇 번 비틀더니 옷을 허물처럼 벗어 그 자리에 남기고 도망간다. 개나 주라는 기색이지만 줄 개가 없다. 한 고양이만 뚱뚱해서 옷을 못 벗고 있다. 어색하게 뒤뚱거리며 걷는 그 고양이 뒤를 두 놈이 구경난 듯 쫓아

다닌다. 옷 입은 고양이가 기가 팍 죽어 있다. 벗겨줘야겠다. 고양이 옷은 사람의 취향이지 고양이 취향이 아니다. 그래도 우리 골목에 사는 고양이 미호한테는 잠바를 입혀주고 싶다. 그러면 올겨울이 한결 덜 추울 텐데.

나무들이 단풍든 이파리를 가지에도 매달고, 그 가랑잎을 발치에 수북이 떨궈 바람에 흩어지게 하던 게 불과 얼마 전이다. 여릿여릿한 햇살 속에서 그 광경은 마치 알록달록 포장지들과 리본을 풀어헤친 선물더미 같았다. 이제 곧 오고가는 선물로 풍성할 크리스마스다. 사랑이나 존경, 호감을 표시할 선물들을 생각하는 한편으로, 오직 기쁘게 하고 싶은 마음으로 주는 선물을 받아줄 사람이 누구인지 주위를 둘러봐야겠다. 무심히 지나쳤던 경비원이나 집배원이나 택배원한테 주는 선물엔 감사와 격려의 의미가 담기게 될 테고, 선물이 거의 없는 삶을 사는 사람들에게 뜻하지 않은 선물은 한겨울에 온기를 줄 것이다. 폐지를 모아 살아가는 할머니 할아버지는 뭘 드리면 기쁘실까? 노숙자나 지하도 계단에서 적선을 구하는 사람들에게 정성껏 포장한 선물을 겸손히 건네는 것도 즐거울 것 같다. 한 동네의 가난한 집 어린아이에게, 플라스틱 전화기 같은 거 말고 그럴싸한 선물을 줄 궁리를 하는 것도 삭막한 마음을 부드럽게 만들어줄 것이다.

와일드 부평

한 달 새 부평을 두 번 다녀왔다. 한여름이면 복숭아를 먹으러 친구들과 소사에 원정을 가곤 한 게 벌써 20여 년 저쪽 일이다. 그 시절에도 대개 국철을 탔고, 더러는 영등포까지 가서 시외버스를 타기도 했다. 요즘과 달리 대중교통 냉방 서비스가 전혀 되지 않은 데다 배차 간격이 헐거워, 승객으로 붐비는 차 안이 푹푹 찌곤 했다. 어렵사리 자리를 차지하고 앉으면 엉덩이와 등짝이 이내 땀에 차서, 젖은 옷감 너머로 인조가죽 시트가 축축이 들러붙는 게 느껴졌다. 흥건히 땀이 괸 다리 안쪽이며 볼썽사나울 뒤태를 생각하면 적잖이 민망했지만, 서울 변두리 지역을 에두른 뒤에도 하염없이 이어지는 행로를 선 채로 가는 것보다는 나았다. 열린 차창 너머로 훅 끼쳐 들어오던 안양천의 화공약품 폐기물 냄새가 선하다. 불그죽죽한 퍼렁 물이 고여 있는 도랑이었다.

먼 길을 온 장한 기분으로 먼지 폴폴 날리는 시골길에 내려 찾아간 과수원은 아름드리나무 숲과는 거리가 멀어 보였다. 한참 더 가면 부평이라고 했다. 그게 벌써 스무 해도 넘은 일이라니. 그동안 부평보다 더 먼 인천바다에도 갔지만, 부평 땅에 발을 디딘 건 이번이 처음이다. 그때는 허허벌판 저 너머에 있었는데 지금은 아파트 단지들 너머다.

부평에 간 건 두 번 다 고양이 용품을 받아오기 위해서였다. 인터넷 고양이 사이트의 벼룩시장을 통한 거래였다. 그 벼룩시장 이용자들은 대개 지하철 개찰구에서 만난다. 첫 거래 장소는 부평역에서 인천 지하철로 갈아타고 몇 정거장 더 가는 역이었다. 캐나다로 유학가게 돼서 고양이를 다른 집에 맡겼다는 아가씨한테 개찰구 너머로 고양이용품을 받아들고, 온 길을 되짚어 4호선 숙대입구역을 나왔다. 요금은 당연히 기본요금이었다. 그 먼 데까지 갔다 왔는데! 아, 나는 왜 이렇게 사소한 일에 감동하는가? 흐흐, 횡재한 기분이었다.

두 번째 거래자가 부평에 산다는 걸 알았을 때 내가 선뜻 가마, 했던 건 그 쩨쩨한 기쁨을 다시 맛보고 싶었던 데 더해, 마감이 발등에 떨어져 당장 붙들고 있어야 하는 원고를 한사코 잊고 싶은 심사에서였다. 읽던 소설책을 옆구리에 끼고 집을 나섰다. 미셸 우엘벡의 《소립자》. 우리 동네에서 좀 떨어진 남영역까지 건들건들 걸어가 국철을 타고 느긋이 빈자리에 앉아 책을 펴들었다. 에어컨 바람은 서늘했고 소설은 흥미진진했다. 그 흥미진진함에 떠밀려 전철은 순식간에 부평에 닿았다. 부평역 구내는 이제 내게 낯익은 곳이었다. 느긋이 계단을 올라 지하 아케이드를 지나며 공중전화 부스에 들렀다. 그리고 호주머니에서 수첩을 꺼내 펴고 전화번호를 눌렀다. 벼룩시장 거래자에게 인천 지하철을 갈아탈 참이라고 알릴 전화였다.

그런데 "저, 부평역에 왔는데요," 라며 내가 건넨 말에 상대는 잠깐 침묵하더니, "황인숙 씨 아니세요?" 하는 것이다. "네, 그런데요?" 내 이름을 어떻게 알았지? 놀라는 새 그가 말했다. "저 이정미예요." 아? 아! 아아! 아? "이거 이정미 씨 전화예요?" "예." 그가 뭐라 말하려는 걸 허둥지둥 자르고 나는 전화를 끊었다. 아무리 살펴봐도 간이수첩에 다른 전화번호는 없었다. 전화번호를 막 옮겨 적은 간이수첩을 가져온다는 게 다른 수첩을 가져왔던 것이다. 잉잉, 여기까지 왔는데! 그래도 희망은 있었다. 인터넷 좋다는 게 뭔가? 나는 넓고 깊은 부평역 구내를 휘휘 돈 뒤 몇 층을 올라가 역 밖으로 나갔다. 이렇게 나는 지상의 부평 땅에 첫발을 디밀었다.

부평역 주변에는 그 흔한 PC방이 눈에 띄지 않았다. 후미진 곳에 있는 한 상가 2층에서 성인오락실을 어렵사리 발견하고 내 이메일에 접속해 부평 아가씨의 전화번호를 찾을 수 있었다. 그런데 역전에 있는 공중전화기들이 동전을 넣는 족족 먹어치우는 먹통이었다. 다섯 대째 전화기가 동전 삼키는 것을 보고 나는 울화가 폭발해서 송수화기로 전화통을 꽝꽝 내리치며 비명을 질렀다. 그러니 속이 좀 시원해져서 역 구내에 들어가 전화할 생각이 났다. 역 개찰구 두 군데도 망가져 교통카드가 먹히지 않았다. 세 번째로 시도한 개찰구를 들어서며 웃음이 나왔다. 부평은 굉장히 와일드한, 기운 넘치는 곳이로구나! 마비에 가까운, 늪 같은 내 평화를 깨뜨리고 정신 번쩍 들게 한 부평을 제대로 한번 찾아가 보고 싶다.

(부기: 휴대폰 없이 살기가 점점 힘들다. 공중전화를 찾아 헤매는 고생은 감수할 만한데, 숫제 이상성격자나 기인 취급을 받는 게 영 유쾌치 않다. '오가는 휴대폰 번호에 싹트는 정'이려나, 휴대폰이 없다고 하면 상대의 기색이 대개 냉랭해진다. 사용하지 않더라도 '의전용'으로 휴대폰을 장만해야 하나… 아니다! 오기가 나서라도 그렇게는 못하겠다.)

일상의 기쁨

이화열이라는 이가 최근에 《파리지앵》이라는 산문집을 냈다. 이화열 씨는 스물아홉 나이에 미국 유학생활을 접고 훌쩍 파리로 날아가 그곳에서 그래픽디자이너가 됐다고 한다. 《파리지앵》은 저자가 자신의 프랑스인 남편을 비롯해 파리지앵 남녀노소 친구들을 소개한 책이다. 평범한 소시민으로 만족하며, 그러나 제가끔 독립적으로 자기만의 삶을 디자인하며 사는 사람들 이야기를 읽으면서 내 마음의 성마름이 잔잔히 가라앉는 듯했다. 그곳에서는 어떻게 전반적으로 그런 삶이 가능한 것일까? 어떻게 그들은 불안감 없이, 더 큰 성공이나 미래에 대한 확실한 보장을 바라지 않으며, '씩씩하게' 살 수 있는 것일까? 물론 그쪽 사람들이라 해서 모두가 그런 것은 아니겠지만.

그들이 사는 곳은 사회 안전망이 한국보다 사뭇 튼튼하니

원초적 두려움이 우리보다 덜할 수도 있겠다. 그래서인가, 서울 사람들의 경제력이 전반적으로 그들보다 떨어지지 않건만, 우리는 늘 안달복달 아등바등 살고 있다. 미래에 볼모잡혀 주어진 현재를 탕진하면서.

일본만화를 보다가 만난 에피소드가 하나 생각난다. 문득 잘못 살고 있다고 생각하게 된, 일용직 건설노동자인 사십대 노총각이 그 만화의 주인공이다. 하는 일마다 꼬이던 어느 날 우연히 들른 목로주점에서 그는 노숙자들과 어울려 술을 마신다. 고주망태가 돼 길바닥에 쓰러지며 그는 자기한테는 아직 꿈이 있다고 울부짖는다. 그러자 한 노숙자가 그를 쓸어안으며 야단친다. "아이고, 이 못난 사람아! 꿈을 버려! 우리 같은 사람은 꿈이 있으면 못 살아!"

그 광경이 코믹하게 그려져 한참 낄낄거리며 웃었지만, 가슴에 깊이 와 닿는 말이었다. 그건 패배자의 체념에 찬 말이지만, 달리 보면 달관의 경지에 이른 말이랄 수도 있지 않을까? 체념이나 달관 같이 특수한 경우에 닿는 맥락이 아니라도, 한국인의 일반적 삶에 '꿈이 있으면 못 산다'는 말은 실감으로 다가온다. 잔잔하고 당연한 일상의 평화를 우리 한국인이 전혀 누리고 살지 못하는 것은 바로 '그놈의 꿈' 때문인 것이다. 꿈이라고 해봐야 고작 저 하나의 지복을 애걸복걸하는, 출세를 향한 꿈이라니! 그러니 늘 궁지에 몰린 짐승처럼 전전긍긍 살 수밖에.

한판 사우나 같은 독서를 하고 지친 머리에 휴식이 됐다는 얘기를 하려던 참이었는데, 내 동포에 대한 실망과 미움이 새삼 북받쳐 딴 길로 빠졌다. 하나하나 보면 멀쩡한 사람들인데, 행태는 절벽으로 우르르, 줄줄이 내닫는 들쥐떼 같기에 하는 말이다. 또 시작이다. 내가 참 왜 이리 까칠할까. 이 땅에서 아이를 낳아 기르고 살지 않는 복을 누리는 자가 저 흉흉한 대열에서 비껴나 있는 걸 드러내는 건 고약한 자랑이리라.

그런데, 나라면 자식이 있어도 대범히 살 줄 알았는데, 세 마리 고양이를 평생지기로 들여 함께 지낸 한 해를 돌이켜보니 장담할 수만은 없는 일이다. 숨어 있던 물욕의 발로일까, 쇼핑 중독이라 할 만큼 정신없이 고양이 용품을 사 쟁이며 살고 있다. 내 '야옹겔지수'는 이제 총수입을 초과할 지경이다. 게다가 고양이 사이트 벼룩시장에 접속해 끊임없이 고양이 물건을 예약하고 사러 다니느라 밥벌이할 새가 없으니, 급기야는 다달이 수입이 줄어드는 추세에 맞닥뜨리고 말았다.

좋은 물건이 좋은 값에 나오면 꼭 필요한 사람이 사 쓰도록 내버려둬야 옳은데, 그런 '양식'은 벽장 속에 처박아둔 채 날름 사버리고 만다. 오후부터 억수같이 비가 온 어제도 한 손엔 우산을 받든 채 7kg에 육박하는 고양이 사료를 멀리까지 찾아가 들고 오느라 죽을 고생을 했다. 일 년을 먹이고도 남을 만큼 갖가지 사료가 집에 쌓여 있는데 말이다.

어찌나 나 자신이 한심하게 느껴지던지 고생해 싸다고 속으로 마구 욕을 했다. 그리고 다시는 이러지 말리라 다짐했는데, 늦은 밤 집에 들어서자마자 세수도 하지 않고 또 벼룩시장을 뒤적거리다 캣타워를 하나 예약했다. 송판으로 직접 만들었다는데 사진으로만 봐도 예사 솜씨가 아닌, 날씬한 캣타워다. 그렇지 않아도 요즘 고양이 사이트에 자주 올라오는 유명 메이커 원목 캣타워를 보며 우리 냥이들에게 장만해 주고 싶은 마음이 굴뚝같았다. 원목은 아니지만 이미 캣타워가 두 개나 있는데 말이다.

《파리지앵》은 말랑말랑한, 보들보들한 책이다. 고샅고샅 달콤하기도, 새콤하기도 하다. 한 챕터의 제사(題詞)로 쓰인 장 그르니에 글귀도 어찌나 새콤달콤하던지!

"언제나 이국의 어느 도시에 아무 가진 것 없이 홀로 도착하는 것을 꿈꾸었노라."

한창 젊었을 때는 강렬한 동감과 동경을, 나이 들어서는 흘러가버린 청춘시절에 대한 아릿한 향수를 느끼게 하는 작가들이 있다. 앙드레 지드, 알베르 까뮈, 장 그르니에…(다 프랑스 사람이네. 왜 이런 거야? 아마도 프랑스 작가들한테, 청춘의 모든 특질을 고무 찬양하는 기질이 있기 때문이겠지. 그 때문에 그들 사이에, 랭보

나 라디게 같은, 새파랗게 어린 천재들이 종종 나타나는 거겠지)

혀 밑으로 가만히 굴려본다. "언제나 이국의 어느 도시에, 아무 가진 것 없이 홀로, 도착하는 것을 꿈꾸었노라." 가슴이 새큰해진다. 얼마나 건강한, 갸륵할 정도로 아름다운 청춘의 꿈인가? 이런 청춘에 비해 조기유학이나 어학연수를 꿈꾸는 한국의 청춘들은 얼마나 비실비실 비루하게 보이는가? 또, 또 시작이다. 남의 자식 험담은 그만하고 내 얘기나 하자.

내가 젊었을 때는 대개의 한국인이 가난했고, 나는 더 가난했다. 그래서 아무것도 가진 것 없이 이국의 도시에 도착하는 것조차 헛꿈에 불과했다. 그런 처지에서 위 글귀를 읽었으니 얼마나 더 가슴 설레었을 것인가? 이국, 닿을 수 없는 이국! 이리저리 무리를 좀 하면 이국의 도시까지 갈 여비 정도는 마련할 수 있는 지금은 정작 그 '모험'을 실행할 의욕이 생기지 않는다. 그래서 설렘은 연기처럼 아스라하지만, 그래서 가슴이 새큰해지는 것이다.

잠시 몸을 풀고 머리도 식힐 겸 은행에 다녀왔다. 캣타워 값을 입금하기 위해서다. 행여 잠이 들어 제 시간에 입금하지 못하면 예약이 취소될까 봐 조바심이 났다. 우리 고양이들한테 그 소나무 캣타워에서 뛰놀 즐거움을 놓치게 하고 싶지 않다. 창덕궁 보수공사를 하고 남은 목재라 했다. 정성을 들여 디자인하고 만든 '작품'을 그는 단돈 이만 원에 내놓았다. 무료 나눔이나 다름 없는 상징적인 가격이다. 내 앞뒤로 그 캣타워를 원했던 수많은 고양이 반려인은 몹시 안타까울 것이다. 고양이 사이트를 드나들면서 알게 된 사실은 대개의 고양이 반려인이 가난하다는 것이다. 생각해 보면 놀랄 일이 아니다. 왜냐하면 대개 그들은 아주 젊기 때문이다. 아주 젊은 사람들은 가난한 게 당연한 일이다.

토요일이 아니었다면 출근하는 직장인들로 웅성거릴 아침 시간이었다. 골목을 지나 큰길에 이르기까지, 보이는 것이라곤 고개를 숙이고 먹을거리를 찾는 비둘기들뿐, 인적 없이 조용했다. 묵은 식빵 봉지를 들고 그렇게 찾아 헤매도 보이지 않던 비둘기들이 곳곳에 눈에 띈다. 비둘기를 만나려면 이 시간에 나와야겠다. 젖은 길바닥에 플라타너스와 은행나무 잎사귀들이 우수수 떨어져 달라붙어 있다. 장미꽃으로 뒤덮였던 학교 울타리가 휑하니 비어 있다. 축축한 공기에서 싸한 냄새가 난다. 가을 냄새다.

아, 나와 내 고양이들은 얼마나 운이 좋은가!? 은행에서 돌아오는 길은 발걸음이 가벼웠다. 이런 것이 일상의 기쁨이리라. 아마도, 도대체 진정한 기쁨이나 평화를 모르고 살 것만 같은 여느 서울내기들도 이런 기쁨을 이따금은 맛보는 것이리라.

탄산 고양이

고양이 두 마리와 같이 살 집을 적은 돈으로 구하려 애쓰고 있는 전직 스튜어디스. 만화가로 등단한, 꽤 예쁘장하게 생긴 멋쟁이 아가씨. 이것이 내가 전지영 씨에 대해 알고 있는 전부였다. 뭔가 애틋한, 좋은 느낌을 갖긴 했지만 지금처럼 인연이 깊어질 줄은 몰랐다.

전지영 씨는 나와 내 셋째 고양이의 은인이다. 내가 먼저 살던 집의 옥상에 어미를 잃은 새끼고양이 네 마리가 있었다. 고양이 물정에 어두운 나는 싸구려 사료와 물로 걔들의 목숨을 이어가게 하는 거밖에 어떡해야 할지 아무것도 몰랐다. 고양이 목숨을 하찮게 여기는 집주인의 눈을 피하느라 나는 전전긍긍했고, 새끼고양이들은 울음소리 한 번 내지 않고 숨죽이고 살았다. 설상가상, 때는 장마철로 비가 그치지 않는 나날. 고양이들의 안위를 위해 결단을 내려야 했다. 다행히도 한 친구가 새끼고양이들을 자기 집 뜰 한구석에 옮겨 놓으라고 품을 벌렸다. 그래서 어렵사리 개들을 포획했는데, 한 놈을 도저히 그대로 방사할 수 없었다. 병색이 완연한 데다, 눈곱으로 뒤덮여 두 눈이 감겨 있었던 것이다. 내가 무슨 염치로 잘 아는 사이도 아닌 전지영 씨에게 그런 애를 떠넘겼는지. 아마도 직감적으로 전지영 씨의 자비심을 감지했던 것이리라. 지금 생각하면 집에 두 마리 고양이가 있는 처지로 건강하지 않은 길고양이를 들이는 것은 거의 재앙이다. 거듭 다행인 것은, 그 고양이가 겉보기만큼 위중한 상태가 아니라 단순 바이러스성 눈병을 앓고 있었다는 것이다. 간단한 치료 끝에 반짝 뜬 눈을 보니 어찌나 신기하고 감동스럽던지! 난감한 상황일수록 지레 호들갑을 떨지 않고 대범하게 대처하는 전지영 씨를 만난 건 나와 우리 셋째의 크나큰 복이다. 그 비실비실하던 괭이새끼는 참으로 영특하고 건강한, 버젓한 참고양이가 돼 돌아왔다.

내 졸시 〈럭셔리한 그녀〉는 전지영 씨를 모델로 쓴 것이다. 시 속의 그녀는 실제 전지영 씨보다 훨씬 매력 없다는 걸 고백하지 않을 수 없다. 전지영 씨는 정말이지 흔치 않게 매력적인 사람이다. 마릴린 먼로 같은 백치미의 소유자가 패션이면 패션, 요리면 요리, 영화면 영화, 음악이면 음악, 문학이면 문학… 두루 섭렵하며 고급한 취향과 지적 탐구심이라는 란제리를 걸치고 있으니!

아니~ 이젠!

친하게 지내는 출판사 책 봉투가 우편물에 섞여 있다. 부욱! 봉투를 뜯어 내용물을 털어 보니 예쁘장한 하드커버 책이다. 저자 김창완. 책날개에 낯익은 얼굴이 싱긋 웃고 있다. 록밴드 산울림 멤버였던 가수이자 배우 김창완이다. 김창완 씨도 에세이집을 냈구나. 신문지라도 찢어줘야 할 판으로 다급히 밀린 원고가 몇 개 있고, 읽는 중인 책들이 여럿이어서 나는 제목도 보는 둥 마는 둥 한옆에 밀어두었다. 연예인이 쓴 에세이집을 좋아할 만한 사람 만나면 선물해야지, 하는 생각을 하면서.

이번 추석에는 송편이니 잡채니 부침개를 많이 받았다. 아래층에 사는 이웃도 전에 살던 셋집에서도, 그전에 살던 셋집에서도, 올케도, 다들 한 바구니씩 줬다. 냉장고가 터질 지경이어서 나는 먹고, 먹고, 먹었다. 머리가 지끈거릴 정도로 배가 불렀다.

그래서 나는 울룩불룩한 허리에 다이어트 벨트를 감았다. 그리고 책을 골랐다. 다이어트 벨트를 자동모드로 해놓으면 20분 작동하는데, 책을 읽다 보면 금방 지나간다. 이때는 대개 가벼운 읽을거리를 고르는데, 김창완 씨가 무슨 글을 어떻게 썼나 볼까 하고 그 책을 집었다.

맨 앞에 실린 〈사일런트 머신, 길자〉를 읽었다. 어? 에세이가 아니네! 흠, 흠, 괜찮은데? 아주 괜찮아. 나는 고개를 끄덕이며 두 번째 작품 〈숲으로 간 죠죠〉를 읽었다.

"나는 달콤한 소보로 빵 색깔의 얼룩무늬 반점이 눈처럼 흰 털 사이에 번져 있는 아기 고양이다. 내가 태어난 곳은 주택가 사이에 쓰레기가 쌓여 있는 빈터의 멜론상자 안이다."

이 도입부에서부터 '엇!! 고양이 얘기다!' 흥미가 동했지만, 그것이 감탄으로 이어질 줄은 몰랐다. 〈숲으로 간 죠죠〉를 읽으면서 내 가슴 속에는 뭉게구름처럼 부러움이 피어올랐다. 이것이 진정한 동화다! 진짜 문학이다! 세상에, 김창완! 그는 가수잖아? 배우잖아? 50세가 훌쩍 넘어 쓴 글로, 제 언어를 갖고 있는 한 세계를 만들어 내다니! 글을 쓰면서 그가 느꼈을 작가로서의 즐거움이 물씬 묻어났다. 그리고 가슴 깊이에서 우러나오는 슬픔도. 〈숲으로 간 죠죠〉는 쓰레기터에서 사는 길고양이 가족 이야기다.

"엄마는 새벽녘이나 해가 떨어져 나뭇잎 색깔이 쥐구멍 색깔과 같아지면 잠시 외출을 하곤 했다. 아마 그때 어디 가서 뭘 먹고 오는 모양인데 우리는 엄마가 뭘 먹는지 몰랐다."

"우리 머리 위로 부서진 창틀이 곧장 날아왔다. 모기장이 붙어 있는 창틀 사이로 하늘이 모래처럼 쏟아져 들어왔다. 우리는 위기를 넘기고 그날은 더 이상 가지 못한 채 집으로 돌아왔다."

〈숲으로 간 죠죠〉를 읽으면서 이런 생각이 들었다. 김창완 씨는 집고양이뿐 아니라 험한 길 위에서 간신히 살아가는 길고양이에 대해서도 잘 알고 있다. 그는 정말 순수하고 착한 사람이다. 거기다 천재인 것 같다. 글재주까지 있다니! 이 얇은 책은 반짝거리는 한국어로 가득 찬 보물창고다.

"아무것도 못 먹고 뜀박질만 하니까 배가 더 고팠다. (…) 혀로 앞발을 핥다가 이 발이 꽁치였으면 얼마나 좋을까 하고 생각해보았다." "나는 이다음에 죽어서 불가사리가 되기로 결심했다. 왜냐하면 불가사리라면 이 쓰레기더미 속에서도 얼마든지 먹을 것을 찾아낼 수 있으니까."

김창완이 지어낸 고양이 이름과 놀이와 행동 등 용어도 어찌나 그럴싸한지. 나는 읽기를 멈추고 책 표지로 돌아가 비로소 제목을 봤다. '사일런트 머신 길자'. 표제작과 〈숲으로 간 죠죠〉 외에 네 편의 글이 더 실려 있다.

"아치 형과 슈슈 누나를 부르며 걸어가는데 길모퉁이에서 또 다른 고양이가 아치 형과 슈슈 누나 이름을 번갈아 부르며 땅을 막 파고 있었다. 앞발톱은 다 빠져서 피가 흐르고 풀을 뜯어 먹어서 입에선 풀냄새가 풀풀 났다. 엄마였다! 엄마는 레티나가 돼 있었다. 레티나는 미친 고양이라는 뜻이다. 엄마는 눈이 빨갛게 변해 있었고 나도 알아보지 못했다. 계속 '아치야! 슈슈야!' 하면서 땅만 팠다. 아주 구슬픈 노래 같았다. 나는 그 소리를 뒤로하고 걷기 시작했다. 엄마는 누구나 떠나온 곳으로 돌아간다고 말씀하셨는데 나는 내가 떠나온 곳을 모르겠다. 걸으면 걸을수록 가까이 가는 게 아니라 무엇으로부터 점점 멀어지는 기분이 들었다. 이제 내 이름을 아는 고양이는 없다. 나는 나 죠죠로부터 아주 멀리 떠나갔다. 나는 이름 없는 고양이가 되었다. 이름이 없어지자 마치 투명 고양이가 된 거 같았다. 전에는 모든 것이 죠죠의 것이었다. 죠죠의 아침, 죠죠의 작은 소나무, 죠죠의 기쁨과 슬픔. 그러나 이제 죠죠와 상관있는 것은 아무것도 없다. 투명 고양이 죠죠는 마치 누구 눈에도 안 보이는 것처럼 아무 데나 쓰러졌다."

　　좀 길게 옮겨 봤다. 얼마나 아름답고 슬픈 동화인지…. 책 앞머리 '작가의 말'은 이렇게 맺는다. "슬픈 목숨을 이어가는 모든 동물과 악의 없는 몽상가들에게 이 책을 바칩니다."

어느 날 라디오를 듣다가 둥둥당당둥둥당당, '아니, 벌써!'라는 노래에 빠졌던 때 나는 갓 스물이었다. 아니, 이젠! 내게 그때 못지않은 경탄을 불러일으키는 작가 김창완! 그의 다음 작품이 '아니, 벌써!' 기다려진다.

로또 맞은 고양이

오광이는 흔히 '치즈태비'라 불리는 노란 줄무늬 고양이에요. 말티즈 종 개와 개사료를 나눠먹으며 형제처럼 자랐죠. 그러다 오광이 나이 5개월, 사람으로 치면 막 십대 소년이 됐을 때 서울 강남의 한 편의점에 오게 됐어요. 쥐들이 극성스레 빵과 과자 봉지를 뜯는 것에 골머리를 앓던 편의점 주인이 오광이를 기르던 사람 친구였거든요.

갑자기 낯선 곳 창고에 옮겨진 오광이는 노끈으로 묶여 있어 구석에 들어가 숨지도 못하고 덜덜 떨었어요. 오광이가 말티즈 형아를 그리워하며 무서워 졸아 있는데 문이 덜컥 열리더니 낯선 여자 사람이 째지는 목소리로 비명을 질렀어요.

"엄마야! 얘 뭐예요!? 어떡해요! 나, 고양이 무섭단 말예요!"

그 여자 사람은 편의점 점장님이었어요. 이제 쥐잡이로 취직된 소년고양이의 직장 상사인 셈이죠. 둘이는 서로 덜덜 떨며 바라봤어요.

"쟤 뭐 먹여요?"

간신히 진정한 점장이 묻자 편의점 주인은 고개를 갸우뚱하며 이렇게 대답했어요.

"고양이니까 지가 알아서 쥐를 잡아먹겠지요?"

점장님은 고개를 끄덕였지만, 식사 때마다 마음에 걸려 밥을 덜어줬어요. 참치 캔도 따서 비벼 줬고요. 불안하고 외로워도 때 되면 배가 고프게 마련이죠. 오광이는 꾸역꾸역, 그러나 맛있게 밥을 먹었어요. 이렇게 한 주일이 지나가는 동안 쥐들이 차례

차례 죽었어요. 그전에 놓아둔 약이 이제야 효과가 난 거예요. 아마도 빵과 과자를 먹느라 아쉬울 거 없던 쥐들이 고양이 냄새에 얼씬 못하다 쥐약 섞은 미끼를 먹었을 거예요. 그러니 오광이 역할이 없었다고는 말할 수 없죠.

쥐가 사라지자, 쥐잡이라는 용도 외에는 고양이에게 아무 관심 없는 편의점 주인이 홀가분한 얼굴로 점장에게 소년고양이를 해고하라고 일렀어요. 그런데 오광이는 갈 데가 없었어요. 먼저 살던 집에서 오광이가 돌아오는 걸 원치 않았거든요.

"밖에 풀어놔요."

편의점주인은 매정하게 말했어요.

"여태 사람이 키우던 고양이가 밖에서 어떻게 살아요?"

딱해 하는 점장에게 편의점 주인은 딱하다는 듯이 말했어요.

"도둑고양이는 밖에서도 잘 살아요."

자기가 이제 도둑고양이가 된 줄도 모르고 오두마니 앉아 있는 오광이를 점장님은 도저히 내쫓을 수 없었어요. 그래서 좋아한 적도 없고 아직 무섭기만 한 고양이를 라면박스에 담아 집으로 데려갔어요. 라면박스 주위에 둘러앉아 점장님의 고등학생 아들과 초등학생 딸과 점장님은 심각한 얼굴로 그 안의 소년고양이를 들여다봤어요.

"무섭지만, 너무 불쌍하다."

초등학생 딸이 눈물을 글썽이며 말했어요. 고등학생 아들과 점장님도 동감이었어요. 그래서 그들은 소년고양이를 가족으로 들이기로 결정했어요. 이름 없던 소년고양이는 그때부터 오광이가 됐고요. 그 가족은 고양이에게 뭘 어떻게 해줘야 할지 몰라서 인터넷 고양이 카페에 가입했어요. 거기를 통해 그 가족과 나는 친구가 됐죠.

개사료를 먹고 자라다 쥐잡이로 보내진 뒤 길거리로 내쫓길 뻔한 고양이가, 지금은 고양이사료를 입맛대로 골라 먹고 세 하인의 시중을 받으며 행복하게 산답니다. 그래서 그 사연을 아는 사람들은 오광이를 로또 맞은 고양이라고 해요.

인연

어머니 아버지가 어떤 사람인지, 어떤 형제와 함께 자라는지, 어떤 선생님을 만나는지 어떤 친구와 사귀는지, 우리 운명의 큰 부분이 그 인연에 달려 있죠. 인연 자체가 운명이라 할까요. 그렇다면 대개 사람의 4분의 3쯤 되는 기간 삶을 좌우하는 건 아마도 배우자라는 인연일 거예요. 반려, 평생의 짝이라 마음먹은 사람 말이죠.

우리에게는 어떤 인연을 선택하거나 어그러진 인연을 극복할 의지와 힘이 있어요. 하지만 사람과 인연이 닿은 동물에게는 그런 게 없죠. 인간이 주인인 이 지구에서 다른 동물들은 행복할 권리는커녕 살 권리도 요구할 여지가 없는, 너무도 가련한 존재죠. '반려동물'은 이 무서운 세상에서 자기와 인연이 닿은 동물이나마 지켜주려는 마음이 전전긍긍 담긴 말이에요. 반려동물에게 반려인은 부모며 친구며 연인이에요. 모든 것이에요. 반려동물의 운명은 전적으로 어떤 반려인을 만나는가에 달려 있죠. 나를 만나 어떤 사람이 행복한 게 기쁨이며 은근한 자부심이 되듯이 누구나 자기와 인연이 닿은 동물이 행복하길 바랄 테죠. 반려동물의 가장 큰 행복은 반려인과 평생을 함께하는 거예요. 그런데 처음부터 평생을 함께할 마음이 없었거나 중간에 마음이 바뀌었거나 형편이 나빠져서 반려동물을 저버리는 사람이 너무 많네요. 두어 달 전, 인터넷 고양이카페에 다급히 임시보호처를 찾는 글이 올라왔어요.

젊은 남녀 커플이 몇 달 월세를 미루다가 사라졌대요. 며칠 뒤 집주인이 방문을 따고 들어가 보니 고양이들이 오글오글 철장에 갇혀 있더래요. 기겁을 하고 구청에 신고해서 고양이들은 인근 동물병원으로 옮겨졌어요. 소년고양이와 소녀고양이, 그리고 그들의 새끼고양이 여섯 마리, 모두 여덟이었어요. 오동통한 새끼고양이들은 활기찼지만, 며칠 굶은 채 젖을 빨린 어미고양이는 말할 것 없고 아빠인 소년고양이는 빼짝 말라 있었어요. 그 고양이 일가족 사연과 함께 사진을 본 사람들은 모두 경악했지요. 소년고양이의 절망에 차다 못해 삶을 포기한 듯 허무한 표정과, 그러면서도 누군가를 하염없이 기다리는 눈망울에 다들 울컥했어요. 그런데 '업둥대란'이라 할 정도로 입양되길 기다리는 고양이들이 포화 상태였기에 선뜻 손을 내미는 사람이 없었어요. 서로 의지하며 바짝 붙어 있는 그 일가족을 한집에 보내는 게 좋을 것 같다는 데 생각이 모였는데, 한두 마리면 몰라도 여덟이나 한꺼번에 받아들일 엄두가 나지 않은 거지요. 다행히도 고양이들은 모두 어여쁘게 생겼어요. 다행이라는 것은, 고양이 반려인 세계에서도 예쁜 고양이가 입양에 크게 유리하거든요. 휴… 그저 사람이나 고양이나 예쁘면 세상 살기 수월해요.

하루 이틀 시간은 자꾸 가고, 집도 넓고 고양이를 아주 좋아하는 내 고양이친구가 견디다 못해 애들을 데려갔어요. 걔네들이 저마다 좋은 가족을 찾아가는 데 두 달이 걸렸네요. 저도 몰라라 할 수 없어서 그동안 열심히 입양처를 찾았죠. 그러다 보니 아무 일도 못하고 폭삭 지쳐서, 이제 카페에서 불쌍한 고양이 소식은 쳐다보지 말아야지 결심했어요. 그런데 결심한 바로 그날, 늦은 밤 갑자기 쏟아지는 비를 맞으며 귀가하는데, 대문 앞에서 울어대는 새끼고양이 한 마리를 만났네요! 너는 또 누구냐? 야옹이를 안아 들고 계단을 올라가며 나도 울고 싶은 심정이었어요. 에구… 온라인을 끊었더니 이제 오프라인에서!!

길고양이를 위하여

우리 동네는 서울 남산 밑의 재개발 예정 구역이에요. 나지막한 낡은 집들과 새로 지은 다세대주택들이 뒤섞여 있는 비탈 동네지요. 이십 년 넘게 살아왔는데, 낯익은 집들이 하루아침 사라지고 공사현장으로 바뀐 모습이 일 년 새 부쩍 눈에 띄는군요. 그걸 볼 때면 가슴 한편이 아릿해요. (오랜 세월 정들었던 집을 떠나야 하는 사람들도 마음이 편하지 않았겠지만) 고양이들 역시 몸둘 공간이 또 줄어드는구나, 하는 생각이 들어서요. 새로 짓는 건물에는 지붕 밑이나 헛간 같은 후미진 곳도, 뒤뜰도 없을 테니까요. 앞으로 고양이들은 어디서 비를 피할까요. 어디서 잠을 잘까요?

어제 낮에는 산책삼아 골목골목을 에돌아 시장에 갔어요. 한 이십분쯤 걸렸죠. 그동안 고양이를 다 합쳐서 여섯 마리 봤어

요. 아기고양이 한 마리와 함께 배고픈 얼굴로 주차장 담벼락을 따라 종종거리며 걸어가는 엄마고양이도 아직 어려 보이더군요. 고양이는 야행성동물인데, 힘이 약한 고양이들은 다른 고양이가 무서워 밤에 움직이지 못하고 낮에 먹이를 구하러 다녀요. 그러니까, 내가 어제 낮에 본 고양이들은 고양이 세계에서도 약자들인 거죠. 다 비쩍 말랐고 한 마리만 배가 불룩했어요. 아마 뱃속에 새끼를 가졌을 거예요. 밝은 데서 고양이를 많이 만나니 반가운 한편 걱정이 됐어요. 저렇게 눈에 띄면 해코지할 사람이 생길까 봐서요. 누구나 고양이를 좋아할 수는 없겠죠. 고양이를 무서워할 수도 있겠죠. 하지만 고양이는 우리 사람들보다 아주 작고 약한 동물이에요. 그 작은 고양이가 살아 부지하는 걸 사람들이 눈 감아주었으면 하는 게 무리한 바람인가요?

흔히 도둑괭이라고도 부르는 길고양이들의 환경은 그 목숨이 풍전등화라고 할 만큼 가혹해요. 고양이 수명이 15년 이상인데, 우리나라 길고양이는 평균 2년을 산다고 하네요. 제가 보기에는 1년을 못 넘어요. 그런 실태에 관심 있는 사람들이 제일 두려워하는 건 버려진 고양이를 길에서 만나는 거예요. 사람 손에서 키워진 고양이는 길에서 결코, 결코 제 힘으로 살아내지 못해요. 불을 보듯 빤한 앞날이지만, 그 고양이를 집에 데리고 갈 수도 없죠. 버려지는 고양이가 한두 마리가 아니니까요.

집에 고양이가 있는 사람들은 동감할 얘긴데, 기르던 고양이를 버리는 사람은 사람도 쉽게 저버릴 수 있는 사람이에요. 고양이는 저버리는 순간 끝인, 뭐랄까, 아기와 같은 존재거든요. 고양이를 기르면 그렇게 느끼게 돼 있거든요. 그걸 고양이를 의인화한 과도한 감정으로 여겨도 할 수 없지만 사실이거든요. 그러니 제 말 믿으시고, 그럴 줄 몰랐다 나중에 후회 마시고, 새끼고양이가 아무리 귀여워도 심사숙고해서 손을 내미세요. 우선 그 고양이를 먹여주고, 어른고양이로 자라면 새끼를 낳게 해서 전부 키우거나 병원에 데려가 불임시술을 해줄 능력이 있나 따져보세요. 언제까지 고양이를 기를 수 있나 따져보세요. 새끼고양이를 집에 들이면 그건 둘 중 하나가 죽을 때까지 평생을 책임지겠다는 약속을 하는 거거든요. 고양이는 그렇게 알고 있거든요.

고양이를 기르다가 유기하는 사람 대부분이 청소년이라네요. 경제력도 없고 집에서 발언권도 약하고, 무엇보다도 생명에 대한 책임감이 없어서겠지요. 난 아직 어리잖아요, 라는 건 핑계가 되지 않아요. 고양이는 여러분보다 훨씬 어리거든요. 추위나 굶주림, 사나운 수고양이의 공격, 사람의 해코지 등으로 미처 자라지도 못한 채 무지개다리를 건너는 고양이들이 가엾지만 걔들은, 사랑해주던 사람으로부터 버림받은 고양이처럼 무섭게 외롭진 않았을 거예요.

고양이 식당

밥그릇 세 개에 듬뿍, 큼지막한 물그릇 하나에 찰랑찰랑 가득, 밥과 물을 채웠어요. 저 인간이 또 오래 집을 비우려나 보다, 하는 얼굴로 야옹이들이 주위를 서성거리네요. 아주 오래는 아니에요. 친구들과 강화도에 놀러가 하룻밤 묵고 올 거예요. "예쁜이들아, 잘 놀고 있어." 당부하고 집을 나섰어요. 그리고 바깥 고양이들 밥터에 들렀어요. 여느 때보다 사뭇 이른 시간이죠. 하늘이 찌무룩한 게 마음에 걸리네요. 비라도 오면 고양이사료가 빗물에 잠겨 퉁퉁 불 테니까요. 두 군데는 전혀 비를 피할 수 없는 한데거든요.

바깥 고양이들한테 밥을 주기 시작하고 나서 바뀐 게 둘인데, 그중 하나가 비에 대한 감정이에요. 전에는 비를 굉장히 좋아했어요. 보슬비도 소낙비도, 그리고 장맛비도 좋았죠. 집안에서 문득 가슴이 두근거려 하던 일을 멈추면 자분자분, 혹은 후드득 빗소리가 들려오곤 했어요. 한여름에 미니원피스나 반바지를 입고 맨발로 샌들을 신고 하염없이 빗속을 걷는 건 최고의 도락이었어요. 그런데 이젠, 빗소리가 들리면 가슴이 철렁해요. 하루고 이틀이고 쉼 없이 비가 오면 '너무하네, 정말!' 원망스러운 마음이 들죠. 비는 고양이들이 자는 동안만 왔으면 좋겠어요.

바뀐 것 또 하나는 골목에 세워놓은 자동차에 대한 감정이에요. 전에는 좁은 골목에 떡 버티고 있는 자동차를 보면 짜증이 났는데, 이젠 얼마나 고마운지! 오래오래 그 자리를 지켰으면 싶어요. 골목길에 세워진 자동차들이 없다면 서울의 고양이들이 어디서 잠시나마 몸을 쉴 수 있겠어요? 장기 주차하는 자동차 밑은 최고의 고양이 밥터예요. 사람들의 해코지와 빗물을 피할 수 있죠.

오전 11시, 이른 시간인데도 노란 줄무늬 고양이 한 마리가 어디선가 달려와 맞아주네요. 밖에 사는 고양이가 사람 손을 타면 경계심이 흐려져 위험에 처하기 쉬워요. 그래서 걔들도 대개 저를 경계하지만, 저 역시 거리를 두고 대하죠. 그런데 간혹 친화적인 고양이가 있어서 야옹거리며 제 다리에 머리통을 부비고 아는 척을 해요. 착잡한 한편, 아무래도 더 마음이 가서 맛있는 걸 챙겨주게 되긴 해요. 유순한 다른 고양이들을 제치고 먹을 거에

극성스레 머리를 들이밀어서, 처음에는 제가 얘를 좀 얄미워했었어요. 그런데 어느 날 몸집 커다란 수고양이가 갑자기 나타났을 때, 밥을 먹다 말고 용맹스레 달려가 그 고양이를 쫓아내서 겁에 질린 동료 고양이들을 보호하는 걸 보고 생각이 바뀌었어요. 언제 물어뜯겼는지, 등짝에 한 뼘이나 되는 땜방 자국이 있더군요. 비쩍 마르고 배만 불룩 튀어나온 청소년고양이예요. 기생충이 있는지 다른 병이 있는지, 아니면 새끼를 가진 건지… 유독 추웠던 지난겨울을 그 작은 몸으로 살아냈네요.

"쓰레기봉투들 지나 갈 곳 없는 맨발들이 / 꾹꾹 찍어놓은 꽃잎, 난 / 꽃잎 따라 걸었어요 / 꽃잎 따라 뛰었어요 // 꽃잎 꽃잎 꽃잎 꽃잎 꽃잎 "(소예숙 시 〈고양이를 찾는 밤〉에서)

막 이사 간 집에서 고양이를 잃어버렸다가 45일 만에 찾은 친구가 쓴 시예요. 그새 백년 만이라는 폭설이 쏟아졌지요. 눈 위에 찍힌 고양이 발자국이 시린 꽃송이 같네요.

정말 화가 날 정도로 추운 겨울이었어요. 빈 물그릇에 기뻤던 적은 드물고, 깡깡 언 물그릇에 자주 속이 상했어요. 제가 빙총(氷塚)이라 부르며 쌓았던, 직육면체와 정육면체의 얼음조각들이 다 녹아 보이지 않네요. 그동안 보이지 않게 된 고양이들도 있고요….

　다른 고양이들이 없을 때라서 떳떳하게 참치캔 하나를 다 애한테 줬어요. 모처럼 오붓한 시간을 가졌죠. 얼굴도 조막만 하고 참 예쁜 고양이인데 유난히 꾀죄죄해요. 가방에서 물휴지를 꺼내 눈꼽도 살살 떼어주고 뺨도 닦아줬어요. 더러워 보이면 사람들이 더 깔보고 해치기 쉽거든요.

골목 다툼

지금 사는 집에 이사온 게 2006년 가을이에요. 그동안 꽤 오랜 세월이 흘렀네요. 서민들이 살아온 완전 옛날 동네라서 아주 좁다란 골목쟁이들이 실핏줄처럼 얽히고설켜 있어요. 한 사람이 간신히 지나갈 만한 통로가 다른 길과 연결되는가 하면, 제법 너른 골목인데 따라가 보면 막다른 담벼락이나 대문이 나오기도 하죠. 우리 집 바로 오른쪽으로는 차가 다니는 이면도로고 왼쪽으로는 골목길인데, 나는 골목길로 다니는 걸 좋아해요. 그런데 참 이상해요. 작은 집들이 다닥다닥 붙어 있는 그 골목길에서 마주치는 사람이 드물어요. 아마 대개 자기 집에서 찻길까지 가장 빨리 나가는 샛길로만 다니나 봐요.

이사한 이듬해 초봄의 어느 밤, 그 골목길에서 고양이 한 마리를 만났어요. 샴고양이처럼 생겼는데 털은 누런색이었어요. 그런데 녀석이 나를 보고 움찔하더니 발길을 돌려 막 달아나려는 거예요. "야옹~, 이거 먹어!" 내가 한껏 비굴한 목소리로 외치니까, 그 말을 알아들었는지 멈칫 서데요. 나는 마침 가방에 가지고 있던 고양이 밥을 꺼내 길바닥에 내려놨어요. 그리고 내 갈 길로 가는 척하면서 몇 걸음 걷다가 살짝 돌아봤더니 먹고 있더군요. 다음날부터 개를 위해 그 골목에 밥을 놓다가 참 좋은 장소를 발견했어요. 한 집 모퉁이의 창고 비슷한 거였어요. 커다란 이불장만 한 그 공간에는 바닥에 스티로폼 몇 장이 깔려 있었는데, 연탄창고로 쓰던 곳이 아니었나 싶네요. 안쪽 구석에 밥이랑 물을 놔줬어요. 얼마나 좋던지요! 그런데 어느 날 또 다른 고양이가 나타났어요. 검정 얼룩고양이인데, 샴처럼 생긴 애보다 덩치가 컸어요. 내가 있어서 그랬는지 멀찌감치 떨어져서 샴처럼 생긴 애가 먹는 걸 보고 있더군요. 나도 별 수 없는 기득권 옹호자인가 봐요. 먼저 알게 된 고양이가 덩치 큰 검정 얼룩고양이한테 밀릴까 봐 신경이 곤두서는 거예요. 똑같이 먹을 게 필요한 고양이들인데 말이에요.

답은 간단했어요. 밥이랑 물을 넉넉히 놓아두었죠. 고양이들은 먹을 것만 넉넉하면 아주 평화로운 동물이거든요. 그 평화가 석 달 남짓 지나자 깨져 버렸어요. 날이 더워지니까 저녁 무렵이면 동네 아주머니와 할머니들이 하필이면 그 창고가 있는 길목에 모여 앉아 계시네요. 내가 걱정했던 건 창고가 딸린 그 집 주인이었는데, 그 집과 상관없는 이들이 딴지를 걸기 시작했어요. 처음에는 밥그릇과 물그릇이 창고 앞에 팽개쳐져 있더군요. 께름한 기분으로 그릇을 챙겨 밥과 물을 담아놨죠. 그랬더니 그릇이 없어지기 시작하네요. 매일 밤 다른 그릇을 준비해야 했어요.

어느 저녁 예의 그 골목 여인네들이 모여 앉아 있는 곳을 지나가는데, 한 아주머니가 사나운 목소리로 나를 불러 세우더군요. 왜 고양이밥을 놓느냐는 거예요. 한껏 호소하는 목소리로, 내가 밥을 안 주면 고양이가 굶어죽는다고 했어요. 그러자 그 아주머니가 심술궂게 쏘아붙이더군요. "굶어죽게 내버려둬!" 나도 모르게 좀 악에 차서, "자식 기르시는 분이 무슨 말씀을 그렇게 하세요?" 발끈했더니, 옆의 아주머니들이 민망한 얼굴로 그 아주머니께 "그런 말은 너무하다" 하더군요. '자식'을 들먹이다니 내가 나빴지요. 전략적으로도 잘못이었고요. 그 아주머니의 괜한 악의에 얼마나 더 큰 불이 붙었겠어요? 착잡하더군요. 그런 기분으로 계속 고양이밥을 놨어요. 어떡해요, 그럼? 개들이 주린 배로 찾아올 텐데요. 하지만, 결국 다른 장소를 찾아야 했지요. 그 아주머니를 주축으로 해서 그 골목 아주머니들이 나를 만나면 가만 안 놔

두겠다 벼르고 있다고, 큰길에서 만난 한 아주머니가 귀띔해주셨 거든요. 그런 일이 있은 다음에도 계속 고양이밥을 놓는 걸 그 골목 주민에 대한 도발로 받아 들였나 봐요. 무서워서 한동안 그 골목에 얼씬도 못했어요. 길고양이 밥을 줄 때 명심할 것! 절대로 다른 사람 눈에 띄지 않도록 하세요.

2부
더듬더듬 나들이

내 삶의 틈새

도시 변두리쯤 되는 풍경이 담긴 사진을 인터넷에서 보고 빙글거린 적이 있다. 한 상가 이층에 '축지법 학원' 간판이 걸려 있었던 것이다. 축지법이라. 그걸 가르치고 배우는 게 가능할까? 무술 같기도 하고 도술 같기도 한 축지법을 대체 어떻게 가르치는지 궁금해 그 학원에 찾아가보고 싶었다. 그래도 뭔가 가르칠 게 있기에 학원을 냈겠지. 그런데 문득, 오십이 다 된 나이에 힙합을 배우러 다니다 그만둔 친구가 생각났다. 기초를 탄탄히 다져야 한다면서 서너 달이 지나도록 기본 동작만 연습시키는 게 지겹다며 나가떨어진 것이다. 축지법 학원에서는 훨씬 오래고 오랜 입문 과정을 보내야 할지도 모른다. 축지법에 귀가 솔깃한 사람들이라면 성마르기 이를 데 없는 성격들일 테니, 제풀에 다들 도중하차하겠지.

사실, 축지법을 몸에 익힌다 한들 내게는 그다지 용처가 없다. 나는 걷기를 아주 좋아한다.

"걷는 사람은 자신의 몸을 잊을 틈이 없다. 그는 끊임없이 몸의 존재감을 경험하며 그 허약함을 알고 있다."(크리스토프 라무르의 《걷기의 철학》에서)

발바닥에서 발목을 거쳐, 종아리와 무릎을 거쳐, 허벅지와 둔부와 허리를 거쳐, 척추와 경추에 이르는 몸체를 양팔의 휘저음에 맞춰 걸을 때, 나는 문득 숙연하다. 걸음, 걸음, 걸음! 나는 살아 있다. 살아서 걷는 것이다. 필경은 유한할 걸음을 지금 걷는 것이다! 한 걸음마다 생명을 펌프질하는 듯한, 짐승같이 순수한 기쁨을 나는 느낀다. 그렇게 걷기를 좋아하건만, 비록 식욕과의 싸움에서 질 때가 있긴 하지만, 나날이 살이 찌는 건 대체 왜일까?

《걷기의 철학》은 또 다음과 같이 말한다.

"산책은 우연에 내맡겨진 걷기다. 서두르지 않고, 한가로이, 다가오는 느낌들에 스스로를 맡긴 채 산책자는 순간의 풍경을 음미한다. 조급하고 바쁜, 아무것도 보지 않고 다음 약속을 향해 나아가고 있는 사람과 정반대다."

여타 정신적 능력과 마찬가지로 열등하기 짝이 없는 내 의지력은 통 믿을 게 못 되니, 바라마지 않는 미끈한 몸매를 만들려면 역시 몸으로 때울 수밖에 없겠다. 몸이 마를 때까지 걷는 것이다. 당분간 아무 약속도 하지 말고 한가로운 시간을 만들어, 하염 없이 걷자. 딱 10kg이 줄어드는 순간, 걸음을 멈추자. 거기가 어 디쯤일까? 눈을 들어보면 '축지법 학원' 간판이 보일지도 모르 겠다.

밤 산책

부드럽고 살진 바람이 기다리고 있었다는 듯 달려와 내 몸을 착 감더니 달아난다. 하얗거나 파르스름하거나 빨간 십자가들이 공중에 띄엄띄엄 초소처럼 떠 있고, 그 아래 나지막한 비탈 동네는 혼곤히 잠들었다. 어느 쪽으로 길을 잡을까? 남산 순환도로를 지나 공원을 거닐었으면 싶다. 하지만 서울타워 불도 꺼진 한밤에 혼자 남산공원을 소요하려면 용기가 필요하다. 그런 무리를 감수할 만큼 지금 내 정서가 뒤죽박죽이진 않다. 나는 몸을 돌려 비탈을 내려간다. 소나기를 만날지도 몰라서, 또 만약의 경우를 대비한 호신용으로, 긴 우산을 들고 나왔다.

몇 바탕 폭우가 지나간 젖은 길을 걷는다. 길 위엔 계절을 착각할 만큼 나뭇잎들이 우수수 떨어져 있다. 깨끗이 씻긴 가로수 몸통이 싱그럽게 부풀어 있다. 만져보니 손바닥 가득 전해지는 축축한 생기가 찌르르할 정도다. 모처럼 너희는 행복하구나! 나도 기껍다. 수많은 바람이 악수를 청하듯 나를 만지고 지나간다. 얼굴을 알 순 없지만 그것이 각기 다른 바람이라는 걸 가닥가닥 결결이 느끼게 하는, 바람들이 붐비는 밤이다.

다시 두 갈래 길. 마음이 당기는 건 삼각지 쪽이다. 미8군의 긴 담벼락을 따라 시원스레 뻗은 대로 양편에 헌칠한 가로수와 가로등이 도열해 있다. 하지만 이번에도, 저 멀리서 인적이 느껴지는 도심을 향해 길을 잡는다. 빈 택시들이 지나간다. 나를 보고 속도를 늦추며 멈칫거리는 택시도 여럿이다. 먼 데서도 눈에 띄도록 지붕 위에 빈 택시 표시등을 밝히고 줄줄이 달리는 택시들, 손님을 기다리며 줄줄이 선 빈 택시들… 이연실이 부른 번안곡 〈소낙비〉는 이렇게 시작된다. "무엇을 보았니, 내 아들아? 무엇을 보았니, 내 딸들아?" 깊은 밤 빈 거리에서 내가 본 것은 빈 택시들이다. 그리고 노숙자들.

서울역이 가까워지면서 한뎃잠을 자는 사람들이 많이 눈에 띈다. 나무 밑 돌벤치에도 나무벤치에도, 고층빌딩 1층의 툇마루처럼 튀어나온 대리석 위에도 사람들이 잠들어 있다. 어떤 사람은 벌러덩 누웠고, 어떤 사람은 엎드렸고, 어떤 사람은 태아처럼 몸을 고부리고 있다. 구부정히 앉아 움츠린 어깨 위로 어디를 향하는지 모를 얼굴을 들고 있는 사람도 있다. 나는 숨소리를 죽이고 그들의 잠 속을 지나간다.

고가도로 밑 어두운 횡단보도를 지나 모퉁이를 돌자 24시간 편의점이 알약처럼 파르라니 불을 밝히고 있다. 여기부터는 익숙한 세계다, 생각하자마자 기골이 장대한 진짜 배가본드풍의 한 사람이 어슬렁어슬렁 마주 온다. 내 옆을 지날 때 일순 걸음을 늦추며 흘깃 나를 본다. 덥수룩한 머리칼, 겹겹이 걸친 옷과 바랑이 흠씬 젖은 듯 묵직해 보이고 훅 누린내가 끼친다. 부랑에 지친 몸을 눕히려 가는 길인가 보다. 숭례문 밑 잔디밭에도 여기저기 사람들이 누워 있다. 어쩌면 그 배가본드는 여기서 한숨 잠든 사이 비를 맞았는지도 모르겠다.

북창동에 들어서니 네온 불빛으로 오아시스처럼 환한 술집 앞에 보우타이를 맨 흰 셔츠 차림의 어린 청년들이 몰려 나와 있다. 담배연기, 그리고 향수와 술 냄새가 뒤섞인 알코올 입자가 안개처럼 자욱한 술집들을 지나쳐, 비틀거리는 취객들을 지나쳐,

서울광장. 시청 벽시계를 보니 3시 30분이다. 서울의 3시 30분은 새 아침을 맞는 시간이 아니라 밤이 아직 끝나지 않은 시간이다.

광화문 쪽 청계천 초입, 개울로 내려가는 입구에 밧줄이 가로걸려 있다. 역시나, '침수위험 진입통제' 알림판이 매달렸다. 하늘이 잔뜩 흐린데 비는 오지 않는다. 좀 와도 좋으련만. 우산을 손 바꿔 들고 청계천을 따라 걸음을 옮기니, 앞두고 있을 때에는 듣지 못했던 콸콸 물소리가 귀를 흠씬 적신다. 그 소리에 묻히지 않고 귀뚜라미 울음소리가 또랑또랑 울린다. 귀뚜라미… 하긴 절기로 치면 이제 가을에 들어선 셈이다.

광통교 돌난간에 팔을 얹어 기대고 다리를 쉰다. 하늘 꼭대기에서 그믐달이 구름 속에 숨었다 나왔다 자맥질하며 혼자 놀고 있다. 좀더 걷다가, 택시 할증료 시간이 지나면 택시를 잡아타고 집에 돌아가야겠다.

봄빛에 취해

눈을 뜨니 방안 가득 햇살이 일렁였다. 노란빛이 촛불처럼 짙은 햇살이었다. 머리도 맑고 몸은 가뿐하고, 아직 오전이었다. 절호의 기회였다. 두어 달 전, 청량리에 갔다가 집에 오는 길에 회기역에서 갈아탄 전철이 지하가 아니라 지상을, 그것도 강변을 따라 달린다는 걸 알게 됐다. 용산에서 덕소까지 이어지는 노선이었다. 응봉역을 막 지나며 내려다본, 강물이 어루만지는 한적한 모래톱이 가슴 뭉클 새겨졌다. 언제 이 전철을 타고 덕소에 가리라. 거기서 강변을 걸어 되돌아오리라. 응봉동의 모래톱에도 내려가 거닐어보리라. 그 소망을 실행할 날이었다.

동행이 있는 것도 좋지 않을까? 복원된 청계천에서 중랑천 지나 한강까지 서너 시간 원족을 종종 즐겼던 친구들을 모두 부를까 했지만, 평일 한낮에 갑자기 시간을 낼 수 없을 것 같았다.

망설이는 참에 전화기가 울렸다. 원족 멤버 중 하나였다. 그는 프리랜서이니 시간이 날 테지만, 낮에는 움직이지 않는 족속이었다. "이 시간에 웬일?"로 시작된 통화 중에 간밤의 술자리 여파로 역시 그의 컨디션이 별로라는 걸 알게 됐다. 하지만 내가 강변을 달리는 전철 노선을 어찌나 설레게 묘사했던지 그가 같이 가겠다고 나섰다. 정작 어찌 될지 몰라 오래 걸을 생각을 밝히지 않았으니 그는 바람이나 쐬러 가는 줄로 알았을 것이다.

"햐, 덕소까지 가는구나! 교통카드에 얼마 안 남았는데 몇만 원 나오면 어떡하지?" 그가 걱정하기에 내가 이삼천 원을 넘지 않을 거라고 안심시켰다. 덕소를 한 정거장 남겨둔 동네가 차창 밖으로 펼쳐졌다. 멀리 미루나무들이 부드러운 터치로 하늘 아래 선을 그리고 있었다. "이 동네 예쁘다! 우리 여기까지 걸어오자." 내 말에 그가 동의했다.

차비는 단돈 천삼백 원이었다. 역 밖으로 나가자 서울 변두리 같은 여느 동네였다. 덕소가 이럴 줄이야. 우리는 일단 강으로 가기로 했다. 아파트 단지를 둘러싼 방음벽 아래서 지나가는 사람에게 길을 물었다. 조금은 실망한 채 삭막한 거리를 돌고 찻길을 건너니 한강 근린공원이었다.

환상적 날씨였다. 햇살은 보드라웠고, 서쪽에서 불어오는 바람은 봄기운을 담뿍 싣고 있었다. 그 아래서 강물은 나른히 기지개를 켜고 있었다. 오른쪽으로는 멀리 찻길이고 그 사이는 허허벌판이었다. 사십분쯤 걸은 뒤에야 좀 가까이 식당인 듯한 건물이 보였다. 그 집은 문이 닫혀 있어 근처의 다른 식당에서 국밥을 한 그릇씩 먹었다. 인가에 왔으니 그만 걷자 할 줄 알았는데, 친구는 좀 더 걷자고 했다. 어찌나 좋던지! 새로 찻길을 내는 산비탈 미끄러운 황톳길을 지나니 웬 밥집들로 이뤄진 동네가 강언덕 한구석에 자리 잡고 있었다.

강물 위에 떠 있는 오리 떼를 볼 때마다, "어쩐지 오리탕집이 많더군!" 하며 우리는 낄낄거렸다. 키 큰 풀들이 지푸라기빛 군락을 이루고 있는 걸 볼 때면 갈대인지 부들인지 궁금했다. 강과 우리 사이에 바짝 마른 덩굴식물이 낡은 그물처럼 먼지 타래처럼 끝없이 덮여 있었다. 여름이면 왕성한 생명력을 뿜내며 그 아래 관목들과 다른 풀들을 숨막히게 할 쐐기풀들이었다.

두 시간은 좋이 걸어 당도한 화장실에 친구가 들어간 새 그 옆 담에 붙은 금속판을 들여다보니 '왕숙천 3.6km 산책로'라는 글이 새겨져 있었다. 나는 그걸 들킬세라 멀찌감치 떨어져 그를 기다렸다. 그리고 우리를 기다리는 것은?

다음 페이지를 기대하시라!

재즈는 흘러갑니다

심기일전하여 몸이 파김치가 될 때까지 걸어보려 했는데 십분도 못 가서 느닷없이 너른 하천이 나타났다. 한강으로 흘러드는, 아마도 왕숙천일 것이었다. 산책로는 하천을 따라 오른쪽으로 휘돌아 이어졌다. 1km쯤 저편에 작은 다리가 보였다. 거기까지 가서 다리를 건너 단조로운 찻길을 따라, 지금 코앞에 보이는 대안(對岸)까지 걷는 건 내키지 않았다. "어떻게 할래?" 내가 묻자 친구는 우선 좀 쉬면서 생각해보자며 둥근 콘크리트 의자에 걸터앉았다. 머리 위에 높다랗게 걸쳐져 있는 고가다리 그늘 아래였다. 바람이 선뜩했다. "여기 여름에 무지 시원하겠다." 내 말에 친구는 "아니야. 여름에 무척 더울 거야. 겨울에 추운 곳은 여름에 덥거든"이라고 그다운 비관주의적 반응을 보였다.

"저기에 인도도 있을까?" 친구가 고가다리를 올려다보며 물었다. "있겠지." 우리는 너무 높아 염두에 없던 고가다리 밑을 서성거리다, 진창을 피해 발을 내딛고 잡초덤불로 뒤덮인 축대를 타고 올라갔다. 우리 앞서 다른 개척자가 있었던 듯 담배꽁초가 잔돌 틈에 떨어져 있었다. 가파른 비탈을 에돌아 길 위로 고개를 내미는 순간 쌩하니 성마른 바람을 일으키며 트럭이 지나갔다. 오롯한 인도를 걸으며 우리는 의기양양 발아래 강물을 내려다보았다. 간간이 차가 지나갈 때마다 발밑 상판이 부르르 떨었다. 트럭이나 시외버스나 죄다 삼십여 년 저쪽에서 달려오는 듯 어쩐지 빛바래 보였다. 그 좀 삭막한 정조를 음미하며 건너편에 이르려는 순간, 아연실색할 일이 생겼다. 인도가 뚝 끊겨버린 것이다. 사방이 강물 같은 차도였다. 아니, 이럴 걸 왜 인도를 만들어 둔 거야? 아마도 삼십여 년 저쪽 시절엔 이어져 있었을 것이다. 그 뒤 찻길들이 봇물처럼 터지며 범람해 인도를 끊어놓은 모양이었다. 몇 갈래의 찻길 어디에도 횡단보도 하나 없었다. 그래도 우리가 누군가? 용기가 아니라 '귀차니즘'으로 무장해, 우리는 임전무퇴의 전사가 되었다. 적군(자동차)이 안 보이는 틈을 타, 소용돌이치는 세 개의 길을 건너 우리는 기어코 강변을 찾아 내려왔다. 두 번째 길 아래에서는 몇 마리의 말을 볼 수 있었다. 비좁아 보이던데, 말 사육장인가? 말한테 좋은 환경이라고는 결코 말할 수 없는 곳이었다.

다시 강변을 따라 한들한들 걸었다. 흠! 문득 아득한 햇빛과 귓전에 찰랑거리는 바람이 더없이 달콤했다. 반짝이는 강물과 텅 빈 하늘, 서쪽으로 가없이 펼쳐진 풀밭, 케니 지의 테너 색소폰 소리가 대기 속에서 나부꼈다. 소리를 추적해 보니 날렵한 새 모양의 스피커가 은빛 기둥에 매달려 있었다. 우리는 강을 향해 놓인 상냥한 벤치 중 하나를 골라 다소곳이 앉았다. 다른 재즈연주가 이어졌다. 재즈는 한밤의 진득진득한 실내음악이라고만 여겨온 건 내 편견이었다. 재즈는 한낮 야외의 풍경을 허심한 듯 산만한 듯 채색하는 음악이기도 했다. 영원 비스무리한 시공간에 들어선 듯 하염없이 마음이 잦아들었다.

그곳은 구리시의 강변이었다. 구리시에 대해 뭉클한 호감을 늘어놓던 친구가 벤치에서 일어나 목운동을 하며 거닐다 "뱀 조심!" 외쳤다. 내가 펄쩍 뛰자 그는 낄낄 웃었다. 벤치와 은빛 기둥 사이에 있는 도랑은 마른 덤불로 덮여 있었다. 거기 '주의! 뱀 출몰지역'이라고 적힌 팻말이 꽂혀 있었다. 저 아래 어딘가에서 뱀들이 뒤엉긴 몸뚱어리들을 슬슬 풀고 있을지도 몰랐다.

추격자

좋이 세 시간 넘게 걸은 참이었다. 몰약 같은 음악을 흩뿌려 기분을 고양시키던 구리 강변의 스피커들도 어느덧 뒤로 멀어지고, 우리의 다리도 무거워졌다. 마침 한 아저씨가 자전거를 타고 지나가기에 우리는 그를 불러 세워서 전철역 가는 길을 물었다. "한참 가야 하는데요." 벌판 저편 띄엄띄엄 보이는 건물 중 한 곳이리라는 우리 짐작은 틀렸다. 곤혹스런 얼굴로 전철역 가는 길을 설명하려 애쓰던 아저씨는 그것이 자기에게도 더 쉬운 답인 듯 손가락을 뻗어 앞을 가리켰다. "저기가 워커힐인데." 우리는 탄성을 질렀다. "정말요!?" 그러자 그는 의기양양 말을 이었다. "그럼요! 저기 저게 아차산이고, 저게 광동교고."

고지가 바로 저긴데 에서 말 수는 없다! "저래 봬도 꽤 멀 거야." 라는 친구 말에 동의했지만 불쑥 힘이 솟았다. 과연, 아차산

기슭 워커힐 호텔이며 강 건너 고층아파트들이며, 완연한 서울의 자태를 하나하나 알은 체하면서 우리는 들뜬 기분으로 걸음을 재촉했다. 얼마 지나지 않아 강가에 바투 붙어 있는 바지선과 그 앞에 좀 전의 자전거가 보였다. 자전거 아저씨는 그 바지선의 인부인 모양이었다.

갈수록 길은 걸을 만하지 않았다. 쐐기풀이니 환삼덩굴이니 미국자리공 같은 황폐한 이름만 떠오르는 식물들이 바짝 마른 채 악착같이 뒤엉겨 덤불을 이루며 우리 걸음을 훼방놓았다. 광동교를 코앞에 두곤 길이 거의 끊긴 듯했다. 거기서 서너 대 차가 서 있는 갓길로 올라갈까 했지만 우리는 가는 데까지 가보기로 했다. 왼쪽으로는 낭떠러지 아래 강물이었고 오른쪽의 가파른 잡초밭에는 쓰레기봉투들이 버려져 있었다. 지나가는 차에서 던져졌을 쓰레기 사이에 큼지막한 헝겊가방이 보였다. 고개를 갸웃거리며 그 가방을 지나쳤을 때 웬 남자 하나가 미끄러지듯 내려왔다. "이상한 사람이네. 저 가방에 마약 들어 있는 거 아니야?" 내 말에 친구가 돌아보며 찡그린 얼굴로 대꾸했다. "말조심 해!" 잉? 삐치려다가 나는 느낌이 이상해서 거의 입만 벙긋거리며 작은 소리로 물었다. "그 사람, 뒤에 있어?" 친구가 고개를 끄덕였다. 내 얼굴은 울상이 됐을 것이다. 나도 모르게 걸음이 빨라졌다. "아직 따라 와?" "응. 네가 앞에 걷는 게 좋겠다." 친구가 굳은 목소리로 말했다. 당장 뒤에서 머리채를 잡아챌 듯한 공포로 나는 두말 않고 친구의 앞으로 갔다.

완벽한 사각지대였다. 저 우뚝 솟은 망루에서도 안 보일 곳이다. 오른쪽도 왼쪽도 앞쪽도 막다른 벽, 뒤는 생각하고 싶지도 않았다. '그'를 도발할 게 겁나 뛰지도 못하겠으니 다급한 다족류처럼 재게 발을 놀릴 따름이었다. 콧속에서 마른 코피 냄새가 훅 끼쳤다. 길이 아니면 가지 말라 했거늘, 아, 왜 이 수렁에 들어섰던가! 드디어 앞이 막히고 나는 즉각, 수직에 가까운 낭떠러지를 타고 올랐다. 커다란 나무 하나가 쓰러져 있었다. 그걸 죽어라 움켜잡으며 엉금엉금 기어오르니, 길 위였다. 꿈인가 생시인가. 덜덜 떨며 숨을 몰아쉬는데 뒤에서 친구가 낄낄거렸다. "너 도망가는 꼴 어찌나 웃기던지!" "저도 무서웠으면서!" "난 아니야." 정말일까? 그 사람은 진작 강으로 내려갔다고 했다. "가방 갖고?" "응. 근데 너, 너만 살겠다고 나를 버리더구나." 낯이 화끈해졌다. 사실 까마득히 친구를 잊고 있었다.

천변 산책

날이 풀렸으니 언제 한번 청계천 따라 걷자고 친구들과 말을 맞춘 뒤 또 어영부영 시간이 흘러 여름이 됐다. 까딱하다간 이 여름도 가을도 흘려보내고 그냥 겨울을 맞겠다. 지난해 한여름에서 가을이 깊어지기까지, 친구 몇과 꽤 자주 청계천변을 따라 어슬렁어슬렁 걷기를 즐겼더랬다.

사람들이 복작거리는 광화문에서 출발해 종로 4가쯤에 이르면 서서히 인적이 드물어졌다. 동대문쯤에 이르면 개천을 휘황하게 비추는 장식 조명들도 자취 없고, 문득 보안등도 누가 "쉬잇!" 하기라도 한 듯 숨죽인 빛을 잡초덤불과 보도에 떨궜다. 머리 위 도로는 한적해지고, 맑음도 졸졸 소리도 잃은 개천물은 고여 있는 듯 우묵했다. 우리는 시시덕거리기를 멈추고 묵묵히 그 길을 지났다. 발 아래 저마다 어쩐지 좀 소슬한 그림자를 끌면서.

동묘 근처, 청계천이 정릉천과 합류하는 곳을 지나며 개천은 다시 소리 내어 흐르고 천변은 사뭇 넓어져 도로도 건물도 멀찌감치 떨어져갔다. 간혹 자전거나 인라인스케이트를 타고 온 사람들이 휙 지나쳐 가고, 어둠 속에 나지막이 드리워진 스카이라인 아래, 우리는 세상에서 뚝 떨어져 있었다.

우리의 천변 산책은 종로구를 횡단해 성동구를 에돌며 살곶이다리를 지나, 용산구와의 경계인 동호대교 밑 한강 가에서 끝났다. 서쪽 바다로 갈 강물을 잠시 굽어보다 세상 속으로 도로 들어가 옥수역에서 0시 5분 지하철을 집어 탄 게 지난해의 마지막 긴 산책이었다. 도무지 걸을 만한 곳이 없는 수도 서울에, 복개된 청계천은 큰 선물이다. 우리는 걷고 걸었다. 지극히 인공적으로 조성된 도심 천변을 서둘러 지난 뒤 한없이 걸음을 늘이며. 가난한 사람들의 삶이 꿈틀거리던 천변, 까마득한 그 옛날의 풍경을 어렴풋이 환각하면서 우리는 걷고 걸었다.

"청계천에 해가 떨어져 어둠의 장막이 깔리게 되면 작은 창문마다 전등불이 켜지고 낮의 소란을 뒤로 하고 아늑한 공기가 밀려온다." (《고바우 김성환의 판자촌 이야기》에서)

지하철 4호선

　첫새벽 지하철. 빈자리에 듬성듬성 앉은 승객들은 대개 눈을 감고 있다. 어디론가 일터를 향해 이른 걸음을 하는 사람들. 아마도 매일매일 그 시간에 그 자리에 앉고서야 무거운 눈꺼풀을 가장 편히 내려놓을 것이다. 색색 숨소리만 들리는, 마치 인큐베이터 안에 들어선 듯하다. 두 손을 가지런히 무릎 위 가방에 얹고, 흐트러짐 없는 몸가짐으로 눈을 붙이고 있는 사람들. 아주머니들은 정성껏 머리를 매만지고 화장한 얼굴이다. 집으로 돌아가는 길인 나처럼 부스스하고 찌든 사람은 아무도 없다. 그 무구하고 정결한 첫새벽 지하철의 사람들. 무뚝뚝하고 무표정하고 무심한, 가수 상태의 그 얼굴들. 그들은 어디선가 나보다 먼저 타서, 어디론가 나보다 먼 곳으로 가고 있다. 내리는 사람은 나 하나, 첫새벽 냄새를 풍기는 사람들이 갈월-숙대입구역 플랫폼에 띄엄띄엄서 있었다.

일요일 늦은 밤, 동대문역에서 퉁탕거리는 발소리를 내며 누군가 들어섰다. "왜 카드가 안 되냔 말이야? 사람을 어떻게 보고!" 술 취한 남자다. 나는 책에서 눈을 들고 그를 슬쩍 살핀다. "카드가 안 된단 말이지!" 그는 생각할수록 부아가 치민다는 듯 고래고래 소리를 지른다. "내가 대한민국 특전사 출신이야!" 내 옆자리가 비어 있다. 불안하다. 자리를 옮기고 싶지만, 차마 일어나지 못하고 책에 눈을 박고 있는데 한 자리 건너 앉아 있던 이가 일어선다. 이럴 수가, 배신자! 진정하자. 저 사람이 그래도 대한민국 특전사 출신인데, 아무려면.

특전사 출신이 비틀비틀 걸어와 과연 내 옆자리에 앉는다, 싶었는데 곧장 벌떡 일어나 원위치로 돌아가 선다. 그가 다시 "내가 대한민국 특전사 출신이야!" 고함을 지르자 "시끄럽다! 조용히 해!" 그 앞에 앉은 남자가 맞고함을 친다. 특전사 출신이 잘 걸렸다는 듯 "당신 몇 살이야? 몇 살인데 반말이야? '민증' 까!" 청하자 "나, 58년 개띠다." 응하는 목소리가 늙수그레하다. 책에서 눈을 들어 그를 보니 목소리만큼이나 늙수그레한 모습이다. 내 동갑인데… 착잡하다. 특전사 출신은 갑자기 꼬리를 내리고 비틀비틀 멀리 걸어가버린다. 더 어린 모양이다. "나 58년 개띠야!

붙어보자고!" 이번엔 58년 개띠가 소리를 지르기 시작한다. 이제 보니 그 역시 술에 취해 있다. "내가 58 개띠라니까 피하는구나!" 그 왼쪽 옆 아주머니가 면박을 준다. "아저씨, 시끄러워요. 좀 조용히 하세요." 58년 개띠는 외양만큼이나 유순한 목소리로 "아, 나이도 어린 사람이" 어쩌고 하면서 변명한다. "내가 마흔여덟인데!" 그 오른쪽 남자도 면박을 준다. "아, 조용히 좀 해요! 58년 개띠인데 어떻게 마흔여덟이요!?" 나이를 몇 살 더 부른 남자는 기가 죽어 조용해진다.

　　지하철은 부드럽게 달리고, 서고, 문이 열리고, 내 옆자리에 누군가 앉고. 지하철 리듬에 몸을 싣고 책을 읽는 즐거움이여. 내릴 채비를 하며 허겁지겁 읽어 치우는, 책장을 덮기 직전 페이지의 달콤함이여.

　　유월이 오면 나는 온종일/ 내 사랑과 함께 향긋한 건초 속에 앉아 있으리/ 그리고 산들바람 부는 하늘에 흰구름이 피어놓은/ 눈부신 궁전을 높이 바라보리.// 그이는 노래 부르고 나는 노래를 지어주고/ 그리고 온종일 아름다운 시를 읽으리./ 남몰래 우리 건초집 속에 누워서도/ 오, 삶은 즐거워라, 유월이 오면. (로버트 브리지스의 〈유월이 오면〉)

종이배 사나이

나는 그의 얼굴을 모른다. 몇 달 전 어느 날부터 그는 지하철역 계단참에 큼지막하고 낡은 셔츠를 뒤집어쓴 채 때로는 엎드려서, 때로는 웅크려 앉아 있었다. 그는 지나다니는 사람이 없는 틈에 자리를 잡는 것 같다. 또 자리를 털고 일어날 때에도 인기척에 주의를 기울일 것이다. 그러니 거기를 지나다니는 사람 중에서 그의 얼굴을 본 사람은 아무도 없을 테다. 악착같이 얼굴을 가릴 뿐, 가령 지난여름의 더운 날, 반바지 아래 장딴지 같은 데를 드러내기도 해서 나는 그가 꽤 건장한 청년이라는 걸 짐작할 수 있었다.

그 지하철역에는 여덟 군데 계단이 있는데, 그가 택한 계단은 가장 한적한 곳이다. 수입이 사뭇 줄 텐데 그걸 감수하면서 유동인구가 적은 곳을 택하다니, 어쩌면 그에게 대인기피나 광장공

포 기질이 있을지도 모르겠다. 그런 사람이 적선을 구하려 거리에 나서다니 딱한 일이다. 대체 몇 시간이나 그곳에서 보내는 걸까? 하루에 수입은 얼마나 될까? 그의 머리맡에 놓인 건 신문지로 접은 종이배다. 볼 때마다 텅 비어 있다. 그가 바지런히 주머니로 옮겨서 그런 거라면 좋으련만.

그런데 그는 왜, 가령 깡통이나 상자 같은 게 아니라 종이배를 놓고 있는 걸까? 언젠가 바람이 몹시 부는 날 계단참에 막 발을 내려딛는데, 그가 앉은 자리 반대편 벽으로 종이배가 휙 날아갔다. 그러자 그는 예의 그 쓰개치마 같은 셔츠를 한 손으로 꼭 여민 채 엉거주춤한 자세로 한 손을 뻗고 허둥지둥 알량한 종이배를 따라가 주워왔다. 왠지 울컥해서 그보다 먼저 달려가 그놈의 종이배를 꾹 밟아버리고 싶은 순간이었다. 그는 내 난폭한 심사에 아랑곳없이 손바닥보다 조금 클까 말까 한 종이배를 살뜰히 제 앞에 놓았고, 나는 좀 미안하고 울적해져서 종이배 안에 푼돈을 떨궜다. 그리고 개찰구를 향해 걸으며 곰곰 생각해봤다. 저 친구가 신문지로 접은 종이배를 적선함으로 쓰는 건 휴대하기 편해서일 거야. 종이배는 납작 접어서 주머니에 넣고 다닐 수 있지. 모자도 주머니에 구겨 넣을 수 있지만, 모자는 글쎄, 아는 사람 눈에 자신을 띄게 만들 수 있으니까 내놓고 싶지 않겠지. 저 친구한테 마땅한 모자가 없을 수도 있고. 나름 소신 깃든 장비라는 판단이 서자 더 이상 그 종이배가 거슬리지 않았다.

워낙 인적 드문 곳이라 처음 그를 봤을 때, 그가 곧 실수를 깨닫고 자리를 옮길 줄 알았다. 그런데, 두 번 세 번 네 번, 볼 때마다 이물감이 줄어들더니 이제는 그가 의당 있을 곳에 있는 것 같다. 꾸준히 터를 잡는다는 건 그런 거다. 원한다면 아마 그는 그곳에서 편지도 받아볼 수 있을 것이다. 좀 볼썽사나운 모습이지만 늘 그 자리에 있는 그에게 친숙해진 사람이 이제 제법 쌓였을 것이다. 다른 사람은 몰라도 그만은 그냥 지나치지 못하는 사람도 생겼을 거고, 다른 걸인을 볼 때면 무심결에 그를 떠올리는 사람도 생겼을 것이다. 혹 그에게 볼 일이 있다면 어디로 가면 되는지 우리는 알고 있다. 그는 이제 우리한테 아는 사람이 됐다.

추석이 코앞이니 오늘은 이천 원쯤 넣어야지. 지갑을 꺼내며 계단을 내려갔다. 그가 보이지 않는다. 그러고 보니 요 며칠 그를 못 봤다. 어디 아픈가, 추석이라고 고향집에라도 내려갔나, 아주 자리를 뜬 건가… 아주 자리를 떴다면, 형편이 좋아진 건가…

지하철, 할인매장, 벼룩시장

　　지하철에서 '자외선 차단 팔 토시'를 샀다. 이걸 반길 것 같은 사람이 둘 떠오른다. 과수원을 하는 선배, 그리고 자전거 타기를 즐기는 친구. 지하철에서는 솔깃한 물건을 많이 판다. 가격 착한 아이디어 생활용품들로서 딱 내 취향이다. '맨살보다 시원한 탁텔 소재로 착용감 탁월'하다는 팔 토시를 꺼내 한쪽 팔에 끼워 보고, 다시 잘 포장해서 상자에 던져 놓았다. 거기에는 오이나 감자를 얇게 써는 오이 미용기, 따끈따끈 손난로, 스프링 귀이개, 두피 마사지기, 집어던질 때면 번쩍번쩍 빛이 나는 요요, 다섯 장씩 엮은 흘러간 팝송 세트와 흘러간 가요 세트 등 이런저런 자질구레한 물건들이 들어 있다. 흘러간 팝송 세트를 처음 샀을 때, 그 상인이 카트에 싣고 다니는

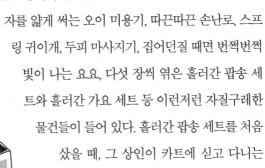

오디오에서 〈스탠바이 유어 맨〉이 흘러 나왔는데, 가슴이 뭉클했다. 그 노래를 한창 듣던 시절에 대한 그리움이 치밀어 올라서 그랬던 것 같다. 수록 곡목을 보니 주옥같은 명 팝송들이었다. 그래서 상인에게 명함을 달라 청해서, 그 명함에 적힌 주소를 보고 동대문 근처 건물을 찾아가 두 세트 더 샀다. 팝송 좋아하는 친구들한테 생색내며 주기 위해서였다. 그 뒤 지하철에서 그걸 파는 상인을 볼 때마다 서너 번 더 샀는데, 어째 음질이 전만 못한 것 같아 시들해졌다.

프레데리크 페르넹의 에세이집 《쇼핑의 철학》은 쇼핑을 '소비와의 유희'라 정의한다.

"물론, 그녀는 '장을 보듯이' 쇼핑을 하지는 않는다. 왜냐하면 그녀는 '유용성'을 찾는 게 아니기 때문이다. 그리고 필요에 응하는 것이 아니기 때문에 그것만으로도 그녀의 행동은 이미 미학적 관계를 닮았다." (《쇼핑의 철학》에서)

내 쇼핑은 미학적이지 않다. 내가 사들인 물건들이 그다지 유용한 것도 필요한 것도 아닌 건 결과일 뿐이지, 당시는 유용하거나 필요하다는 확신으로 구매하기 때문이다. 예컨대, 내 잡동사니 상자에 한 개 남아 있는 '뿌리는 에어컨'이, 입은 옷에 스프레이하는 순간 시원해질 줄 알았지, 플라스틱 분무기에 담은 물을 뿌린 것과 별다를 바 없이 축축해질 따름인 줄 알았으면 그걸 절대 사지 않았을 것이다. 게다가 나는 상품 소개글에 적힌 '급속 냉각' 기능이라는 걸 확대 해석해서, 햇볕에 달궈진 자동차 안에 뿌리면 순식간 온도를 낮춰주리라 생각했다. 그래서 차 가진 친구를 깜짝 기쁘게 할 셈으로 세 개나 샀다. 이상하게도 내 친구들은 내가 발굴한 물건들을 거저 줘도 달가워하지 않는데, 요건 환영 받았다. 그게 지난가을 일이니 이 여름에 잘 쓰고 있는지 궁금하다.

내가 소비와의 유희를 하는 곳은 주로 지하철이나 벼룩시장이나 할인매장이다. 나는 할인이라면 사족을 못 쓴다. 할인 폭이 클수록 매료된다. 마음에 드는 구두가 정가 10만 원인데, 정가가 20만 원이라는 오직 그 이유로 마음에 들지 않는 구두(할인가는 동일!)를 택하고 후회한 적도 있다. 할인매장과 거리가 먼 존재가 소위 '얼리어답터'다. 소설가 이제하 선생님은 얼리어답터다. 새 물건이 나오자마자 비싼 값을 치르고 사들이신다. 진정한 미학적 소비 유희자인 얼리어답터와 필요도 없는 걸 싼 맛에 잔뜩 사들이는 레이트어답터가 만나는 곳이 벼룩시장이다. 전자는 판매자, 후자는 구매자로.

라면과 볼레로

　몇 해 전부터 한 주에 한 차례 시 창작 공부하는 이들을 만난다. 바캉스를 떠났는지 어제는 네 명이 빠졌다. 선풍기도 없는 방에서 열대야의 막무가내 습격을 감내하며 30분쯤 견디다가, 우리 세 사람은 더 이상 기다리지 말고 자리를 옮기기로 했다. "드라이브도 할 겸 남산으로 갈까요?" 마침 차를 가져온 사람이 말했다. 내가 사는 곳이 남산 어귀라는 걸 알고 배려하는 뜻이 담긴 제의였다. 차가 한강북로로 접어들었다. 에어컨으로 식혀진 서늘한 자동차 시트에 등을 뻗어 기대고 웅얼웅얼 흘러나오는 밥 딜런의 노래를 들으며 강변을 달렸다. 내 또래인 차 주인은 요새 밥 딜런에 '꽂혀 있다'고 했다. "예전에도, 녹, 녹, 그 뭐더라… 이젠 제목들도 생각 안 나고… 그거 참 좋아했었는데…." 〈천국의 문을 두드리며〉를 말하는 것일 게다. "밥 딜런 좋지요" 대꾸하며, 문득 밥 딜런을 좋아하다 못해 아이디를 밥 딜런이라 지었던 친구를 떠올렸다. 차 안에 있는 다른 한 사람은 대학원 학생이다. 세대 차인가. 밥 딜런을 이름 정도나 알고 있는 듯한데 솔깃 음악에 귀 기울이는 것으로 미루어 당분간 밥 딜런을 탐색할 눈치다. 나이 차가 많이 나는 두 사람이 형제 같이 서로 믿고 위하는 모습이 보기 좋다. 가끔 티격태격하는 모습조차 다정해 보인다. 혼자 힘으로 안정적 생활을 이뤄낸 차 주인은 열심히 일하고 공부하는 대학원생의 한 걸음 한 걸음 성취가 대견하기만 한 모양이다.

남산전망대로 갈 예정이었는데, 국립극장 쪽으로 길을 잡아야 할 것을 깜빡 놓치고 하얏트 호텔 쪽으로 달렸다. 그런데 남산에 접어들자마자 시야가 답답해졌다. 길 양쪽으로 한도 끝도 없이 전경버스가 벽을 쌓고 있었다. 이런, 이런… 다들 말을 잃고 전경버스 사이를 지나갔다. 밥 딜런 혼자 줄기차게 〈폭풍으로부터의 도피처〉를 노래했다. "부시가 하얏트 호텔에 묵는 모양이네요." "그러게요… 전경버스가 많기도 많네요…." 남산 시립도서관 앞에 이르러서야 길을 벗어날 수 있었다. 차에서 내리자 싱그러운 바람이 살랑 불어왔다. 텅! 텅! 텅! 저편 농구대에서 사내아이 너덧이 농구를 하고 있었다. 분수대 주위에는 방학을 맞은 꼬마들이 잔뜩 몰려 있었다. 분수대 안에 들어가 참방거리며 물장난을 하는 애들도 있었다. 한적한 곳을 찾아 옛 식물원 쪽으로 건들건들 걸어갔다. "남산이 이렇게 좋은 덴 줄 몰랐는데요!?" 대학원생의 감탄에 "남산 처음 와요?" 묻자 정말 그렇다고 했다. 차타고 지나간 적은 있다고. 그 친구가 고개를 치켜들고 저 별 좀 보라고 외쳐서 오랜만에 하늘을 올려다보았다. 싱글거리던 차 주인이 뜬금없이 "컵라면이 먹고 싶은데요"라고 중얼거렸다. "왜요?" 묻자 "그냥요"라고 했지만, 젊은 날 여기서 데이트를 하다가 컵라면을 먹던 추억이라도 떠올랐는지 모른다. 아니면, 지나쳐온 매점 앞의 테이블에서 컵라면 먹는 사람들을 봤을까?

컵라면은 젊은이의 먹을거리다. 그런데 나는 젊었을 때도 컵라면을 좋아하지 않았다. 친구들은 대개 컵라면을 꽤 즐겼다. 컵라면을 볼 때면 내가 다니던 대학의 매점이 떠오른다. 학생 수가 적은 학교여서 매점도 꽤 좁았으나 아늑했다. 여름방학 무렵이었을까, 후텁지근한 오후였다. 누군가 드럼 연습을 하는지 북소리가 울리는 대극장 아래 매점에서, 창문을 죄다 떼어내고 우리는 창가 식탁에 둘러앉아 있었다. 한반 친구들은 뜨거운 물을 부어 담은 컵라면 뚜껑에 나무젓가락을 얹어놓고 앉았고, 나는 우유와 함께 단팥빵을 먹고 있었다. 하늘엔 흰 구름이 뭉게뭉게 피어오르고, 매점 한구석의 전축에서는 음악이 흘러나오고 있었다. 어느 순간 가슴이 감전된 듯 찌르르하더니 터질 지경으로 쿵쾅쿵쾅 뛰었다. 형언할 수 없이 관능적이고 거의 환각적인 음악이 매점 공기를 점령했다. 저 황홀한 비트라
니!! 나는 전축 앞으로 달려가 그 옆에 쌓아
놓은 레코드판의 꼭대기에 놓인 빈 앨범을
집어 들었다. 그리고 턴테이블에서 빙빙 돌
아가는 레코드판의 몇 번째 홈에 바늘이 놓
여 있는지 헤아린 다음 곡명을 확인했다. 내

어찌 잊으랴, 여덟 번째 곡, 〈술과 장미의 나날〉. 얼마나 걸맞은
제목인가! 내가 〈술과 장미의 나날〉을 몇 번이고 거듭 틀어대는
동안 친구들은 김치는커녕 단무지도 없이 컵라면을 맛있게 먹고
있었다. 나중에 알고 보니 그 곡은 〈술과 장미의 나날〉이 아니라
〈볼레로〉였다. 내가 한 칸 잘못 셌던 것이다. 내가 생애 처음 라벨
의 〈볼레로〉를 들으며 홀려 있을 때, 내 옆에서 친구들은 무구한
얼굴로 홀린 듯 컵라면을 먹고 있었지.

　　우리 시 창작 공부 모임 사람들은 매점으로 돌아가 테이블
하나를 차지했다. 아무래도 컵라면은 평소 집에서 든든한 식사가
보장되는 사람의 별식이다. 나머지 둘이 호응을 안 해서인지, 차
주인도 컵라면 대신 아이스크림을 골라 들었다. 그냥 라면이라면
나도 꽤 먹었다. 잘 익은 김치 이파리로 쫄깃한 라면을 폭 싸서 먹
는 걸 얼마나 좋아했던가. 그 맛은 중독성이 있다. 시장기가 없을
때라도 그 맛을 생각하면 머릿속이 하얘졌었지. 한 개를 끓일 것

인가, 반 개 더 넣을 것인가 갈등하다 번번이 한 개 반을 끓여 먹었지.

지금도 라면으로 끼니를 잇는 사람들이 있을 것이다. 식성 때문이 아니라 가난해서. 가난한 사람들에게 라면의 탄생은 다행스런 사건이다. 이 시대 대한민국에 고흐가 살았다면, 〈감자 먹는 사람들〉이 아니라 〈라면 먹는 사람들〉을 그렸겠지.

보니 엠

여름에 유독 즐겨 듣게 되는 앨범이 있는데, 그중 하나가 'Boney M.'이다. 리듬과 비트가 강한 단순한 가락의 노래들을 빼어난 가창력으로 천진하고 맑게 불러 재끼는 보니엠을 듣노라면 날씨가 아무리 무더워도, 더 훅훅 달아올라도 좋으련만 싶게 여름의 열기를 오히려 탐하게 된다. 뜨겁고 태평스러운 보니엠의 목소리는 듣는 사람의 몸과 마음을 복장해제 시킨다.

보니엠이 왔었다. 신문에서 공연 안내 기사를 보고 당장 전화해서 표를 샀다. 서울 공연 장소는 무슨 경기장이라든가, 아무튼 무지무지 넓은 곳이어서 거들떠보지도 않고 과천 공연을 선택했다. 사람들이 북적거리는 운동장 한구석에서 모니터를 통해 공연을 보는 게 싫어서였는데, 생각지 않게 입장료도 서울보다 사뭇 싸니 일석이조였다. 언젯적 보니엠인가, 실망스러워도 이해해야겠다고 각오했는데, 공연은 기대했던 것보다 흡족했다. 창단 멤버인 리드싱어는 둔중한 느낌이 들 정도로 살이 쪘지만 목소리는 거의 시들지 않았다. 과천시민회관 대강당을 가득 채운 청중은 그 여가수만큼 나이들이 들었는데 20여 년 전으로 돌아간 듯 모두 자리에서 일어나 노래를 따라 부르고 춤을 추면서 공연을 흠뻑 즐겼다. 물론, 우리의 점잖고 수줍은 청중이 처음부터 스스로 움직인 건 아니었다. 여가수가 작정한 듯, 율동을 가르치는 유치원 선생님처럼 온화하면서도 엄하게 지시를 내리자 고분고분 따른 것이었지만, 디스코 가락이나 노래의 후렴이나 모두 익숙하고 흥겨웠기에 무대 위 사람도 무대 아래 사람도 무색하지 않게 어우러질 수 있었다. 그런데 베이스를 맡은 남자 가수가 자기 노래를 섞는 시간이 적어서인지, 내내 무대 위에서 폴짝폴짝 뛰고 공중제비를 하며 재주를 부렸는데, 그것이 귀엽기도 했지만 공연을 좀 가여운 느낌이 들게 했다. 보니엠의 위상이 전성기에 어떠했는지는 잘 모르겠지만, 어쩐지 영락하여 시골마을을 돌아다니게 된 악단을 보는 듯했다. 그래도 노래는 오디오에서 듣던 그대로 아주 좋았다. 반주도 훌륭했고, 화음을 넣는 두 명의 미끈하고 젊은 여가수가 각각 한 곡씩 리드해 부른 노래도 근사했다. 특히 한 가수한테 나는 홀딱 반했다. 흑표범처럼 뇌쇄적으로 사납게, 공격적으로 도발적으로 삿대질하듯이 부르던 그 노래가,

가수의 동작은 눈에 선한데 곡목이 생각나지 않는다. 어떤 고장의 이름이었던 거 같은데. 며칠 동안 입에 붙어서 흥얼거리던 구절이 그 노래의 제목이기도 한데, 내가 가진 음반에는 실리지 않았다. 어쩌면 원래 보니엠 곡이 아닐지도 모르겠다. 하긴 보니엠 레퍼토리에는 오리지널 가수가 따로 있는 곡이 많다. 〈Sunny〉만 해도 보니엠 훨씬 이전에 윤복희 노래로 들었지 싶다. 물론 윤복희도 그 노래의 오리지널 가수가 아니지만. 아무리 가창력이 뛰어나고 대중적으로 흡인력 있는 가수라도 빼어난 곡을 받지 못하면 이름을 남기기 어렵다. 마치 꽃병에 꽂힌 한 다발 장미처럼, 한번 명성이 시들면 그것으로 끝이다. 보니엠이 오직 그들의 매혹적인 목소리만으로 지금 정도 명성과 팬들의 사랑을 유지하고 있는 건 대단한 일이다. 그 목소리와 창법에 걸맞은 곡을 고르고 배합한 프로듀서의 역량도 박수를 보낼 만하다.

윤복희라는 이름을 오랜만에 떠올리니까 '대형가수'라는 말이 함께 떠오른다. 대형가수라는 말을 처음 들었을 때, 나는 그 말이 체구가 큰 가수라는 뜻인 줄 알았다. 패티김이나 박경희 같은 가수를 대형가수라고 했는데 그녀들이 글래머였기 때문이다.

그런데 무슨 바람이 불어서 내가 보니엠 공연을 다 보러 갔는지 모르겠다. 가령 엘톤 존이나 딥퍼플이 왔을 때, 보니엠의 공연보다 훨씬 더 가보고 싶었지만 꾸물꾸물 망설이다가 그냥 지나 보냈다. 그들의 공연장소가 초대형 공간이어서 그랬던 것도 같지만, 그보다도 연극이건 음악회건 공연장에 가는 것이 평소에 그리 내키지 않았기 때문일 것이다. 아닌 게 아니라 정작 공연하는 날이 되자 피로가 물밀 듯 몰려오면서, 성가신 짓을 했다는 후회가 됐다. 그나마 클래식 공연이 아니어서, 또 지하철 4호선을 한 번 타면 갈 수 있는 곳이라서, 복장이나 교통편이나 부담이 없으니 다행이라고 생각했다.

그러고 보니 내가 보니엠 공연에 갈 생각을 충동적으로 행동에 옮긴 건 '과천'이라는 장소 영향이 크다. 무슨 착오인지 나는 과천을 근처 동네라고 생각했다. 근처에 과천에 가는 지하철이 지나다닐 뿐인데 말이다. 과천은 생각보다 멀어서 지하철로 30분도 더 걸렸다. "꽤 머네. 한 20분이면 충분할 줄 알았는데." 지하철 안에서 조바심을 내는 내 말에 같이 갔던 친구가 피식 웃었다. "대학로까지도 20분은 걸려. 이만하면 금방인데 뭘." 그런가? 대학로는 우리 동네에서 과천과 대칭되는 방향이다. 우리 동네에서 대학로보다 과천이 더 멀다는 걸 이번에 확실히 알았다. 내가 내켜 하지 않는 건 공연이 아니라 공연장까지 가는 과정이라는 것도.

용평 브람스

　지난 광복절, 친구 둘과 용평에 갔다. 거기서 대관령국제음악제가 열리고 있어서, 음악을 좋아하는 친구 하나가 이틀 묵을 숙소를 잡아 놨던 것이다. 아침 아홉시에 집 앞으로 차를 가져와 나를 실어가기로 했다. 여행가방을 꾸려놓고 누웠는데 제때 깨야 한다는 부담감 때문에 잠이 오지 않았다. 결국 새벽 네시에, 편의점 야간근무를 하는 또 다른 친구에게 여섯시 모닝콜을 부탁하고 나서야 곯아떨어졌다. 일찌감치 움직여 헬스장도 다녀올 생각이었다. 그런데 여섯시에 어김없이 전화를 받고 깨서 잠깐 엎드려 있다가, 쌓인 설거지를 하고 고양이들 털을 빗겨주고 청소기를 막 다 돌린 참인데, 또 전화벨이 울렸다. 십분 안에 갈 테니 그리 알라는 전화였다. "지금 몇 신데?" 여덟시 사십분이라고 했다. 아니 벌써!? 정신없이 우왕좌왕하다가 고양이들 밥그릇이랑 물그릇만 채워놓고 입고 있던 옷차림으로 허둥지둥 가방을 들고 뛰쳐나갔다.

집 앞에서 부스스한 몰골로 십분 가까이 기다렸다. 이럴 줄 알았으면 양치질이라도 하고 나올걸. "길이 막혀서 말이야." 말끔히 차려입은 친구들이 뚱한 얼굴로 차에 타는 나를 싱그러운 미소로 맞으며 변명했다. 과연 길이 무지막지 막혔다. 여행 기분을 내겠다며 한 친구는 계란도 한 꾸러미 삶아 왔다. 삶은 계란과 호두과자와 찰떡과 커피를 주는 대로 꾸역꾸역 다 받아먹으면서 두어 시간을 지나도 서울을 벗어나지 못했다. 광복절이 낀 연휴에 막판 여름휴가를 떠나는 사람들이 이렇게 많을 줄이야. 용평리조트 근처 횡계에 들어섰을 때에는 오후 다섯시가 넘었다. "여기 괜찮은 식당들 조사해 왔어. 밥 먹고 들어가자." 친구들한테 맛있는 음식 먹이는 게 한 기쁨인 친구가 수첩을 꺼내며 흐뭇한 목소리로 말했다. "꼭두새벽에 일어나서 세수도 양치질도 못한 채 타지에서 저녁밥을 먹는구나!" 내 한탄에 친구들이 낄낄 웃었다. 경기도를 벗어날 무렵부터 흩뿌리던 비가 어느새 세차게 쏟아지고 있었다.

제일 신경 예민한 친구가 화장실 딸린 방을 차지하고 남은 작은 방을 둘러보다가 나는 넓디넓은 거실을 쓰기로 마음먹었다. 배도 부르고 피곤하기도 하고 비는 주룩주룩 오고, 그래서 우리는 그날 밤 연주회를 젖히기로 했다. 가방을 푸는 친구들을 뒤로 하고 나는 칫솔을 사러 나갔다. 고즈넉이 비가 오는 어둑한 저녁, 나무로 둘러싸인 잔디밭 바비큐 그릴에서 두 남자가 지글지글 고기를 굽고, 파라솔을 편 두 개의 테이블에 둘러앉은 사람들이 맛있게도 냠냠 먹고 있었다. 당신들은 참, 살맛나게 사시는구려. 청량한 빗속을 타박타박 걸어 내려가는데 가슴 에이는 음악소리 가 공기를 알알이 울리며 자욱이 밀려왔다. 브람스였다. 야외공 연장의 높다랗게 달린 모니터에 현악기 연주자들 얼굴이 차례차 례 클로즈업되었고, 내리는 비를 맞고 있는 빈 의자들 앞에 열 명 남짓한 사람이 우산을 쓰고 선 채 모니터를 올려 다보며 음악에 젖고 있었다.

이 인간들은 피곤하지도 않나? 맥주 를 마시며 수다를 떠는 친구들 옆에 나 는 이부자리를 깔고 누워 책을 읽다가, 자정이 좀 넘어서 잠이 들었다. 추리소 설을 일곱 권이나 가져왔다고 친구들 이 분개했다. 자기들이랑 돌려보려고 그랬지! 더 분개한 친구는 나중에 보니 다섯 권이나 챙겨왔더군.

8월의 복숭아

그전이라고 해서 복숭아를 좋아하지 않았던 건 아니지만, 몇 해 전 한 선배가 시골에 내려가 복숭아밭을 돌보면서부터 복숭아는 내게 각별한 과일이다. 거리에서 복숭아가 눈에 띄면, '아, 선배를 못 본 지 또 일 년이 됐구나!' 하는 자책과 더불어 근간 날을 잡아야겠다는 조바심이 생긴다. 선배네 복숭아는 8월에 들어선 뒤에야 수확을 시작하는 품종으로 내가 먹어본 것 중에서 가장 맛이 뛰어나다. 육질은 적당히 단단하면서도, 한입 베어 물면 복숭아 향내가 진동하는 풍미 가득한 달콤한 즙이 입가에 질질 흐를 정도로 부드럽게 솟구친다. 선배 덕분에 최상품 복숭아를 흥청망청 흔연히 먹었는데, 그것도 올해로 끝이다. 갖은 고생을 다해서 복숭아 농사를 지어도 돈이 되지 않아 휴경 신청을 한 게 받아들여졌다고 한다. 복숭아 농사를 그만두면 정부에서

휴경 지원금이 나온다는 것이다. 선배의 고생이 줄어들게 된 건 잘된 일이지만 복숭아나무들은 안됐다. 그동안 많이 정들었을 텐데 선배 마음도 썩 좋지 않을 것이다. 복숭아밭이 없어져도 해마다 8월에는 선배네 집에 놀러가야지. 몇 그루쯤은 남아 있을 복숭아나무의 열매도 탐스럽지만, 선배네 집은 즐거운 곳이다. 맛있는 것도 많고 재미있는 동물도 많다. 러시아가 원산지인 '말라뮤트'라든가 하는 품종의 개 '순이'는 곰처럼 덩치가 큰데 어리광쟁이다. 잇몸까지 드러내고 웃는 얼굴인 개도 있다. 망아지처럼 경중경중 뛰어다니는 그 개는 달마시안 종으로 이름이 '달마'다. 달마는 복숭아를 무지무지 좋아하는데 가장 커다랗고 맛있어 보이는 복숭아만을 물고 달아나기 때문에 복숭아 수확 철에는 잘 풀어놓지 않는다. 닭장 철망 앞에 쪼그려 앉아 있는 화초닭 한 마리도 재미있는 놈이다. 처음에는 그 화초닭을 다른 닭들과 한 닭장에서 키웠다고 한다. 그런데 닭 사회에서는 목청 큰 놈이 제일인지, 그 조그만 화초닭이 대장 노릇을 하며 모든 암탉을 독차지하고 살았다는 것이다. 그런데 보자 하니 알들도 작고, 필경 병아리도 작을 것 같아서 커다란 수탉 한 마리를 더 들여놨다고 한다. 그 후 수탉들이 화초닭을 협공하는데, 나중에는 눈알까지 쪼아서 할 수 없이 화초닭을 꺼내놨더니 닭 세계에 정나미가 떨어졌는지 선배 뒤만 졸졸 따라다녔다고 한다. 날이 새면 현관 앞에 와서 선배가 문을 열고 나올 때까지 목청 높여 부르고 그렇게 따르더니만, 어느 날 손님들에게 대접하기 위해서 선배가 닭 두 마리를 잡는 참상을 본 이후에는 선배만 보면 혼비백산 달아난다고 한다. 아무리 불러도 들은 척도 않고 자기와 의사소통할 의사가 전혀 없는 모양이라고 말하면서 선배는 안타까운 듯 웃었다.

　　선배네 마당에는 한 철망 안에서 지내던 비둘기와 토끼 커플도 있었다. 그 커플은 아주 의가 좋았는데 어느 날 비둘기는 고양이에게 잡아먹힌 듯 깃털만 남기고 사라졌다고 한다. 외로이 혼자 남은 토끼는 마을사람에게 줬다는데 어떻게 됐는지 모르겠다. 이번에 선배네 가면 새로운 토끼를 볼 수 있다. 닭장 안에 오리들과 닭들과 토끼 한 마리를 기르는데, 그 토끼가 닭들과 모이를 다투기도 싫고 같이 지내는 게 답답한지 철망 밑으로 굴을 파서 낮에는 밖에 나가 지내다가 잠잘 때만 돌아온다는 것이다. 기르는 동물들에게 의연히, 지나친 정으로 휘둘리지 않으면서도 그 개성들을 살리며 즐기는 선배는 분명 복숭아나무들의 특성도 하나하나 다 헤아리고 있을 것이다. 앞으로는 8월에 매이지 않고 아무 때나, 여태보다 더 자주 선배를 보러가게 될 것 같다.

마음은 리조트

　15여 년 저쪽, 여자친구 몇과 차를 마시는 자리에서 저마다 어려운 생활 형편에 대해 넋두리를 하는데, 한 친구가 짐짓 냉소적으로 말했다. "이제 연애도 하지 말아야겠어. 돈이 너무 들어." 다들 낄낄 웃으며 동의했다. 어찌 된 노릇인지 그 자리에는, 데이트라도 할작시면 그 비용을 자기가 감당하는 사람뿐이었다. 아마 모두들 남자에게서 뭘 받는 걸 스스러워하는 성격이어서 그랬을 것이다. 우리는 쓸쓸히 결론 내렸다. 가난한 여자에게 연애는 사치라고. 가욋돈이 든다는 점에서 여행은 연애와 닮았다. 지출을 따라잡느라 허덕이는 내 수입으로는 짧은 여행도 사치다. 분수를 지키자면 평생 여행하지 말아야 한다. 하지만 난 나를 그렇게 가엾게 살게 하고 싶지 않다. 그래서 종종 여행을 떠나고 보는데 일말의 도덕심, 에서라기보다는 뒷감당을 생각해서 근검절약할 방도를 궁리한다. 되도록 값싼 운송수단으로 움직이고 가장 저렴한 곳에서 묵기.

　지난여름에 친구를 따라 다녀온 용평리조트는 호사스러웠다. 그동안 내가 묵었던 콘도들, 회사원인 내 동생의 가족이나 여러 친구들, 이웃들이 버젓해 하며 묵었던 콘도가 참으로 소박한 곳이었다는 걸 깨닫고 나는 어쩐지 샐쭉해졌다. 하지만 용평리조트가 무슨 죄겠는가? 곧 마음을 풀고 그곳을 즐기기로 했다.

　친구 둘과 나, 우리 셋은 이른 저녁을 먹고 음악홀로 향해 아름드리나무 밑을 걸어 내려갔다. 간간이 내린 비에 젖어 나무들은 한껏 싱그러운 냄새를 뿜었다. 음악홀 앞에는 옷을 잘 차려 입은 사람들이 서로 인사하고, 소개하며 북적이고 있었다. 연주회 시작 30분 전. 호젓한 곳을 찾아 위층으로 올라간 우리는 3인조 소파 네 개가 미음 자로 놓인 한구석을 발견했다. 그곳엔 아무도 없어서 우리는 세피아 빛 보드라운 천으로 덮인 소파를 하나씩 차지하고 앉았다. "커피 마실까?" 친구들이 고개를 끄덕였다.

　커피를 사들고 돌아오니 소파 하나에 젊지 않은 한 여자가 모로 누워 자고 있었다. 그 여자를 보니 스페인의 한 공항에서 십 년 동안 살고 있다는 독일여자가 생각났다. 어떤 사람들이 버스터미널이나 기차역사에서 기거하듯이, 살림 보통이를 실은 카트를 끌고 벤치를 옮겨 다니며 공항에서 숙식을 해결한다는 여자.

거기서 책을 읽고 고양이도 돌본다지. "이런 리조트 말이야. 군이 숙소를 예약할 거 없이 그냥 와서 돌아다니다 이런 데서 자도 될 거 같아." 내 말에 친구들이 샤워는 공용화장실에서 해결하자, 풀밭에서 밥을 끓여 먹자, 어쩌고저쩌고 말을 잇고 있는데, 그녀가 부스스 몸을 일으키며 말을 건넸다. "방 없으세요?" 우리가 어색하게 입을 다물자 그녀는 외롭던 차에 동지를 만나 반기는 기색이었다. "나도 그냥 왔어요. 어젯밤엔 고생 많이 했어요. 읍내 찜질방에서 묵었는데."

　　세상은 불공평하다. 어떤 이는 가시밭길을 걷고, 어떤 이는 벚꽃 길을 걷는다. 가다가 쉴 만한 리조트-오아시스 하나 없는 길도 있겠지. 음악홀에서 하이든을 들을 때나 바르톡을 들을 때나 내내 그녀가 마음에 얹혔다.

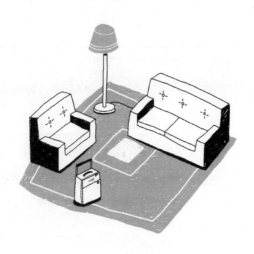

3부
사노라면

아이들 몰래 어른에게 보내는 편지

　아이들은 모릅니다. 자기들이 조르는 게 많으면 힘없고 철 없는 부모들이 우범자가 된다는 걸. 비천한 인간이 된다는 걸. 가 만히 보면 부모들은 어떻게 해서든 아이가 원하는 걸 해주려고 무슨 짓이든 할 각오가 돼 있습니다. 아직 어린 아이일 때, 칭얼거 리건 징징거리건 그러다가 말 아직 힘이 없는 아이일 때, 원하는 걸 절대로 다 주지 마십시오. 이 애들이 언제 당해내지 못할 정도 로 힘이 세어질지 모르니까 차라리 그때를 위해서 재물을 비축 해두십시오. 운이 좋으면, 아무것도 호락호락은 얻지 못하는 것 에 길들여진 아이를 갖게 될 것입니다.

　요즘 신문 잡지나 TV를 통해서, 혹은 친구들을 통해서 아이 들에게 시달리는 부모 얘기를 들으면 밉살맞기 짝이 없습니다.

그 애들이 맡을 미래가 절망적일 만큼 황폐하게 느껴집니다. 요즘 아이들은 인간의 자식이 아니라 인류를 멸망시키기 위해서 인간의 몸에 슬어놓은 에이리언의 새끼 같습니다. 자기 자식에게 비굴한 부모도 꼴불견이지만, 자식된 게 무슨 벼슬인지 그렇게나 기세등등하고 드세고 어른보다 영악스럽고 이기적이고 물질만능주의자인 아이들을 생각하면 스산합니다. 동심이 없는, 겉모습만 아이인 아이들은 어른들의 꿈까지 상하게 합니다. 미래는 물론 영원히 돌아가지 못할, 두고 온 어린 시절에의 꿈까지를 말입니다.

이렇게 아이들에 대해서 서먹서먹하고 차가운 생각을 하고 있는 참에, 모든 아이들이 그런 건 아니구나! 여기 아직 진짜 아이들이 있구나! 반가운 사진들을 보았습니다. 김성영·서두일·최재영·최휘·함영식 이 다섯 분의 사진작가들이 펴낸 책《나 어렸을 적에》에서요. 어떻게 이런 아이들이 남아 있을까요? 나 어렸을 때와 똑같은 아이들이요. 이 아이들은 놀고 있습니다. 나무하고도 놀고, 바다하고도 놀고, 하늘하고도 놉니다. 자연과 아이들입니다. 아이들에게는 모든 게 자연입니다. 골목길도 자연이고

기찻길도 자연이고 축구공도 우체통도 친구들이고 자연입니다.

사진 속의 아이들은 대개 넉넉한 집의 아이가 아닌 듯합니다. 그래도 무엇 하나 모자람 없이 행복하게 웃는군요. 쌕쌕 웃고 빙긋 웃고 깔깔깔 웃고 낄낄낄 웃고 와와거리며 웃습니다. 이 중에는 혹 부모로부터 떨어져 지내는 아이도 있을지 모릅니다. 그런 듯한 아이를 보면 어찌나 애틋한지요. 누구라도 그런 감정을 느낄 겁니다. 그 감정을 믿고 소중히 하십시오. 자기의 아이만이 아니라 그 또래 다른 아이들도 소중히 여기세요. 그리고 다른 어른들 역시 모든 아이에게 따뜻한 마음을 갖는다는 걸 믿으세요.

아이를 절대 학대해서는 안됩니다. 하지만 아이가 옳지 않을 때, 아이에게 져서도, 져줘서도 안됩니다. 아이가 너무 많은 장난감을 요구하면 지구 저 너머의 아이들을 생각하십시오. 이라크나 발칸반도나 그 밖의 전쟁과 기아에 시달리는 지역 아이들을요. 너무 많은 장난감, 비싼 장난감은 그 아이들의 죽을 빼앗는 거라는 걸 생각하십시오. 그리고 지금 이대로 간다면 금지옥엽으로 자라는 우리의 아이들보다 그 아이들이 아마 훨씬 더 고귀한 삶을 사는 어른이 될 거라는 걸 생각하세요.

그 황무지의 아이들에게 개 한 마리는 얼마나 커다랗고 따뜻한 친구이며, 머리칼을 둥둥 흩뜨려놓는 모래바람은 또 얼마나 그 조그만 머리통을 어린 의문과 불안으로 가득 채우는 수수께끼 친구일까요? 아이가 원하는 모든 것을 주는 것은 그 아이에게 소중한 것이 아무것도 없게 만드는 것입니다. 그렇지 않아도 무식해서 삶이 권태롭기 십상인 아이들이 소중한 것도 궁금한 것도 없으니 얼마나 권태로울까요? 얼마나 짐승처럼 권태로울까요?

땀을 뻘뻘 흘리며 뛰놀던 어린 시절을 생각해 보세요. 시간 가는 줄 모르고 밥 때도 놓치고 놀던 생각을 해보세요. 초등학교 일학년 때 처음 혼자 집을 찾아오던 날을 생각해 보세요. 길에서 처음 혼자 소나비를 맞던 생각을 해보세요. 처음 사귄 친구를 생각해 보세요. 그때 아직은 젊디젊었던 부모님과의 추억을 생각해 보세요….

그리고 지금 아이들을 생각해 보세요. 시절이 다르다고만 생각하지 마세요. 싱싱하지만 연하고, 세상 모든 것에 호기심과 친밀감을 갖고 있고, 부모에게는 환상적인 존경심을 시시한 물건에도 존중심을 갖고 있고, 속여 넘기기 쉽고, 한바탕 뛰놀면서 웃음을 터뜨리며 만사를 맞는, 아이다운 아이인 적이 없었던 사람이 행복할까요? 아이들을 위해서라도 더 강한 어른이 됩시다.

아이들은 자란다

우리 집, 옆 골목길에서 가끔 마주치는 여자애가 있다. 지난 봄 쯤 초등학교에 들어갔을 것이다. 내가 이 애를 처음 본 것은 오류 년 전이었다. 꼬마 대여섯 명이 골목에 옹기종기 모여 앉아 노는 옆을 지나가는데 개구쟁이처럼 쉰 목소리로 한 꼬마가 "안녕하세요?" 하고 인사했다. 뒤돌아보니 넙데데한 얼굴에 상고머리를 한, 이제 막 아기 티를 벗은 듯한 여자애가 벙실벙실 웃는 얼굴로 고개를 치켜들고 나를 보았다.

거기 있는 꼬마 중에서도 가장 어려 보였는데, 절로 웃음이 나게 하는 사랑스러운 얼굴이었다. 한창 말하는 데 맛을 들인 듯했다. 아마 그전에도 그 골목에 살았던 아이였을 것이다. 골목 꼬마로 데뷔하기 전에는 아기 신분으로 눈에 띄지 않았을 것이다.

무심히 지나가다가 인사를 듣고서야 마주보기를 몇 번, 나중에는 꼬마들이 눈에 띄면 내가 먼저 아이를 찾아보게 됐다. "그래, 그래, 안녕!" 아무리 무뚝뚝한 기분이었다가도 아이를 만나면 나도 모르게 높아진 목소리로 간드러지게 대꾸하곤 했다.

어느 날부터인가 아이는 지나가는 누구에게나 하는 식이 아니라, 자기가 아는 사람이라는 인식으로 눈을 빛내며 담뿍 정을 담아 인사를 건넸다. 그 차별에 나는 으쓱했다. 나도 꼬마들 중에서 그 애만을 구별해 알아볼 수 있었다. 서로 정겨운 느낌을 갖고 있었지만 그 뿐, 우리의 관계는 그게 다였다. 우리는 서로 이름도 몰랐다.

아이는 생김새도 예쁘기보다 두덕두덕 성격 좋은 사내애 같았지만, 차림새도 늘 통짜 멜빵바지로 털털했다. 여자애답게 꾸며진 모습이 아니어서 혹시 잘 보살펴지지 않는 게 아닌가 하는 생각을 한 적이 있었다. 하지만 아이의 얼굴에 한 점 그늘이 없는 걸로 미루어 그렇지는 않은 것 같았다. 어쩌면 사내 동생을 바라고 그렇게 기르는 건지도 몰랐다.

어느 날은 레고 쌓기를 하고 있었고, 어느 날은 깔깔거리며 친구들을 쫓고 있었고, 어느 날은 노란색 플라스틱 자동차에 앉아 골목을 미끄러지고 있었다. 모두 목청껏 떠들어 대는

중에 나는 아이의 달콤하게 쉰 목소리를 가려들을 수 있었다. 아이들과 함께 골목길에 뛰놀았다. 뛰노는 아이들은 골목길의 훈풍이다.

그리고 어느 날, 나는 먼발치에서 친구들과 세발 자전거를 타고 골목을 달리는 아이를 보았다. 나를 봤으면 또 "안녕하세요?" 인사했을 것이다. 아이의 얼굴이 좀 갸름해졌다. 여전히 쉰 목소리였지만. 그다음 가까이에서 만났을 때 나는 아이의 얼굴이 예쁘장하게 보이는 것에 속으로 좀 놀랐다.

아이는 나날이 예쁘장해졌다.

나는 시간이 아이에게 작용하는 것에 감탄했고, 그 작용이 호의적인 것에 기뻤다. 그전에도 충분히 사랑스러웠지만, 골목길 밖의 거칠고 냉정한 세상을 살아가기에 예뻐서 손해 볼 건 없을 테니까.

한 달쯤 전, 오랜만에 아이를 만났다. 골목 저 끝에 작은 여자아이들이 둘러서 있었다. 내가 가까이 가자 한 아이가 무리에서 한 발짝 떨어져 나와 "안녕하세요?" 수줍게 인사했다. "응, 그래! 안녕!" 나는 반가움에 함빡 웃으며 아이를 바라보았다. 한두 아이가 흘깃 나를 보다 말고 자기들 이야기에 열중했다. 아이는 자기 발치와 내 얼굴에 번갈아 시선을 옮기며 쑥스러운 듯 웃었다. 이제 완연히 소녀티가 났다. 가녀려 보이는 골격에 원피스를 입은, 누가 봐도 어여쁜 소녀였다. 나는 마치 내가 그 애를 그만큼 키워내기나 한 듯 대견하고 가슴이 뭉클했다.

이제 저애는 점점 더 자라나겠지.
나를 봐도 먼저 아는체 하기를 점점 쑥스러워하겠지.
그러다 어느 날인가 나를 알아보지도 못할 거야.
나도 골목길 바깥에서는 그 애를 알아보지 못하게 될 거야.
그리고 조금 더 세월이 지나면, 아이는 골목에서 놀지도 않을 거야.

아이를 키워준 골목길도 나처럼 아이에게 잊힐 거야.

처음 마주 치는 세계

한 친구는 자기 생애에 대한 최초의 기억이 유모차에 태워진 아기였을 때라고 한다. 유모차에 실려 굴러가던 자기 얼굴을 사악 스치던 바람결이 생생하게 생각난다니 믿지 않을 수 없다. 어쩌면 두세 살에 유모차를 탔던 기억일 수도 있겠다. 그렇더라도 꽤 멀리까지 간 편이다. 내 가장 먼 세월의 기억은 네 살 때쯤이었을까, 누군가와 아마 전차를 탔는데 그 바닥이 빠져 무서워하던 것이다. 그 기억은 그림이 번진 흑백 영상으로 남아 있어서 그것이 실제 상황이었는지 꿈이었는지 모호하다.

또렷한 기억은 다섯 살 때의 어느 날이다. 그 장면 역시 흑백이지만, 기억이 희미해서가 아니라 몹시 어둑어둑한 방안에서의 일이었기 때문일 것이다.

그때 나는 집안 사정으로, 시장에서 장사를 하던 친척 할아버지 댁에 맡겨져 있었다. 가게에 딸린 방에서 촉수 낮은 전등불을 밝히고 할머니가 무엇을 꿰매고 계셨다. 그 옆에 쪼그리고 앉았던 어린 내가 심심했는지 어쨌는지 '포옥~' 한숨을 쉬었다. 기억나지는 않지만, 내 한숨소리에 할머니가 무슨 정다운 말을 건네셨을 것이다. '어린 것이 웬 한숨은?' 싶어서 재미있으셨던 모양이다. 할머니의 웃음에 나는 내가 무슨 대견한 일을 했나 보다 생각하고 자랑스러워서, 할머니 얼굴을 바라보며 부러 계속 한숨을 쉬었다. 한숨을 가지고 논 것이 내 최초의 또렷한 기억이다. 그리고 그 때부터의 기억은 띄엄띄엄, 하지만 연속적으로 남아 있다.

내가 초등학교에 입학하기 일 년쯤 전, 엄마가 나를 데리러 오셨다. 그 옥색 치마저고리가 눈에 선하다. 누군가가 그분을 엄마라고 소개했다. 나는 그때까지 친척 할머니를 '엄마!'라고 불렀던 것 같다. 이별을 슬퍼하지도 않고 새로운 만남에 낯을 가리지도 않았던 걸 생각하면 내게는 '집 없는 아이' 근성이 있었던 것 같다. '진짜 집'으로 돌아온 길은 생각나지 않는다. 그리고 양쪽으로 땋았던 머리칼이 어떻게 단발머리로 바뀌었는지도 생각나지 않는다. 시장 안 노친네들뿐인 적적한 집에서 아이들이 있는 시정 여느 집으로 나는 옮겨졌다.

처음에 언니는 갑자기 나타난 내게 텃세가 심했다.

한동안 내게 젓가락이 주어지지 않았던 것이 생각난다. 특별한 뜻이 있어서가 아니라, 내가 젓가락질을 하기에는 너무 어리다고 생각한 엄마가 그때그때 숟가락 위에 반찬을 얹어주신 것이다. 어느 날 밥상을 차릴 때 내가 내 숟가락 옆에 젓가락 한 쌍을 가져다놓았다. 그러자 언니가 큰일이라도 난 듯 부엌에 있는 엄마에게 첫소리로 외쳤다. "엄마! 쟤, 젓가락 갖고 갔어!" 나는 당황하고 조마조마했다. 그날부터 나는 젓가락을 차지할 수 있었다.

또 한 기억은, 친구들과 뛰노는 언니를 멀찌감치 떨어져 앉아 구경하다가 언니가 돈을 필요해 하는 걸 알게 됐을 때 일이다. 뭘 사고 싶다거나 먹고 싶다고 말했을 것이다. 나는 냉큼 일어나 집으로 달려갔다. 그리고 안방에 걸린 아버지의 바지에서 십 원짜리 한 장을 꺼내 언니에게 가져다줬다. 그런데 내 기대와 달리 언니는 팔짝 뛰며 좋아하기는커녕 내게 돈이 어디서 났느냐고 묻더니 의기양양 아버지에게 달려가 고해 바쳤다. 그 광경을 멀거니 지켜보며 나는 내가 뭘 잘못했다는 건지 어리둥절한 한편 옅은 배신감을 느꼈다.

그때 아버지에게 야단을 맞았으면 한이 생겼을 수도 있는 내 생애 최초의 배신감이다.

언니가 이 글을 보면 '그런 적이 있었나? 별 걸 다 기억하네'
생각할 것이다. 일이 년 후 언니는 내게 가엾어 하는 마음과 애정
을 갖게 됐는데, 지금 생각하면 그 애정은 각별하다 못해 때로는
우스울 정도로 엄한 것이었다.

초등학교에 입학하기 얼마 전, 혼자 마당에 있는데 대문이
비죽 열리며 처음 보는 여자애가 들어왔다. 호기심과 경계심으로
나는 그 애를 아마 좀 노려봤을 것이다.

"내 이름은 미라야, 네 이름은 뭐니?" 그 애는 붙임성 있게
물었다.

그리고 내 나이도 묻더니 자기는 일곱 살이라고 했다. 나보다 한 살이 어렸다.

맞은 편 집에서 왔다고 했다. 언니 친구인 제옥이 언니와 그녀의 나이차 나는 우락부락한 오빠들, 그리고 할머니 할아버지처럼 보이는 엄마, 아버지가 사는 집이었다.

미라는 분가해 사는 그 집 맏아들의 맏딸이었다.

가게를 하는 미라 부모들이 친가에 맏딸을 의탁해서 이제부터 그 집에서 살 게 된 것이다.

미라는 내 첫 친구가 되었다.

튀어 오르는 공처럼

내가 어렸을 때, 아이들이 엄마에게 자주 듣던 꾸중 중 하나는 "방 식는다!"였다. 방 문을 잘 닫고 다니라는 것이다. 연탄으로 간신히 방바닥이나 덥히는 정도의 난방을 하고 겨울을 나던 어려운 시절이었다. 서민치고는 웬만큼 사는 집도 방 안에 떠놓은 물이 얼 정도로 방 공기가 차가웠다.

건강한 아이들은 주체하지 못할 정도로 열과 기운이 뻗친다. 그래서 잠시도 몸을 가만두지 못한다. 동글동글 뜨거운 공처럼 깡충깡충 뛰고, 뛰다 못해 펑펑 튀어 오른다. 아이들은 자기처럼 튀는 것들을 좋아한다. 모든 종류의 공과 스프링 달린 것을 보면 끌려가듯 달려든다. 튀는 것이 없으면 제 몸을 휘고 꺾으며 논다. 지금 엄마들은 침대가 망가질까 봐 걱정이지만, 옛날 엄마들은 방구들이 꺼질까 봐 걱정이었다. 아이들은 어디에서든 뛴다. 침대 위에서도 뛰고 방구들 위에서도 꺼져라! 뛴다. 아이들은 구르는 것도 좋아한다. 유모차도 좋아하고 자전거도 좋아하고 리어카도 좋아한다. 나는 주판도 좋아했는데, 그걸 뒤집어 타고 굴리면서 롤러스케이트 기분을 냈었다. 구르는 것이 없으면 아이들은 제 몸을 굴리면서 논다.

어렸을 때 나는 '사까락지'를 좋아했다. 일본말 '사카다치(さかだち)'에서 온 이 놀이는 일종의 텀블링인데, 정수리를 방바닥에 닿게 숙이고 그 양옆을 손으로 짚은 다음, 두 다리를 쳐들어 몸을 뒤집는 것이다. 처음에는 자세가 엉거주춤하게 마련이다. 겁이 나서 두 다리를 쭉 뻗지 못하고 발꿈치를 엉덩이에 갖다 붙인다. 몸을 말아 굴려서 반원을 그리는 반 공중제비만 해도 어린 애들은 몹시 만족스러워 했다.

그런데 좁은 방에서 그 놀이를 하다보면 발가락이 창호지를 뚫기 일쑤였다. 아이가 있는 집 창호지에 난 구멍은 대개 그 흔적이었다. '사까락지'는 맨 바닥보다 뭔가 깔개 위에서 하는 게 좋았다. 담요가 제격인데 그보다 좋은 것이 이불이다. 이불은 넓게 깔리기 때문에 여럿이 놀기에도 좋았다. 이불을 펼쳐놓고, 그 위에서 '사카다치'를 하고 레슬링을 하고 뛰노는 걸 보면 엄마들은 '솜 뭉친다'고 질색했다. 아이들이란 어지르는 존재일 뿐이라고 단정하는, 깍쟁이같이 깔끔한 엄마들은 자기 아이가 친구를 아예 집에 부르지도 못하게 했다.

그 시절 엄마들은 아이가 집밖에서 노는 것을 좋아했다. 그래서 날씨가 궂은 날만 아니면 "놀다 와라" 아이를 밖으로 내몰았다. 그래서 골목길은 늘 아이들로 떠들썩했다. 여자애들은 줄넘기를 하고 고무줄놀이를 하고 공기놀이를 했다. 남자애들은 자치기를 하고 말놀이를 하고 구슬치기를 했다. 남자애들과 여자애들이 섞여 숨바꼭질을 하고 '다방구'를 하고 '무궁화 꽃이 피었습니다'를 했다. 성질 까다로운 어른이 대문을 박차고 나와 자기 집 앞에서 놀지 말라고 호령하기도 했다. 그런 집으로 공이 넘어가면 큰일이었다.

그 시절에는 공공놀이터가 있는 동네가 드물었다. 그래서 시소와 미끄럼틀과 그네가 있는 유치원이 아이들에게 유혹적이었다. 그때의 유치원은 대개 교회에 딸려 있었다. 우리 동네 교회에는 유치원이 없었다. 나는 이웃 동네 보광유치원으로 가끔 원정을 갔다. 우리 언니가 나온 유치원이니까 나도 약간은 연고가 있다고 생각했다. '꽃밭에는 꽃들이 모여 살구요. 우리들은 유치원에 모여 살아요. 보광유치원, 보광유치원, 착하고 귀여운 아이들의 꽃동산.' 나는 이 노래가 보광유치원 노래인 줄 알았다. 알고 보니 다른 많은 유치원에서 유치원 이름만 자기 것을 붙여 부르는, 널리 알려진 동요다.

보광유치원 아이들은 수업시간이 끝나면 한 명도 유치원에 남아 놀지 않았다. 그리고 그 동네 아이들도 웬일인지 거기서 놀지 않았다. 정문도 후문도 늘 열려 있고, 놀지 못하게 하는 사람도 없는데 보광유치원 놀이터에는 우리뿐이었다. 어떤 때는 나 혼자뿐이었다. 보광유치원에는 대리석으로 만든 미끄럼틀이 있었다. 그 미끄럼틀은 길고 가파르고, 도저히 거슬러 올라가지 못할 정도로 몹시 미끄러웠다. 너무너무 미끄럽고 가팔라서 미끄럼을 타면 그 속도에 몸이 바짝 움츠러들었다. 미끄러져 내려오면서 나는 눈을 부릅뜨고 정신을 바짝 차렸다. 나는 크려고 그랬는지 그 미끄럼틀에서 미끄러져 떨어지는 악몽을 꾸기도 했다.

몸의 열기가 좀 식고 머리가 뜨거워지기 시작하면 아이들의 노는 구역이 넓어진다. 자기 동네 골목을 벗어나 이웃 골목으로, 이웃 동네로 점점 더 멀리 나간다. 그러면서 아이들은 자기 동네에서 다른 동네애가 보이면 시비를 걸고 텃세를 한다. 그러면서 다른 동네 아이들과 친구가 되기도 한다. 그러면 그 동네에 떳떳이 놀러간다.

점점 멀리 나가서 어떤 아이는 아주 돌아오지 않기도 한다….

산으로, 강으로

내가 어렸을 때 살던 집은 마루에서도 마당에서도 담장 너머로 한강이 내려다보였다. 어떤 때 강은 그 건너 숲에 닿도록 물이 가득 찬 넓은 강이었고, 어떤 때는 절반 넘어 폭이 줄어든 좁은 강이었다. 흰 모래밭에 밀린 듯 강줄기가 가늘어지면, 한강이 사뭇 집 가까이 와 있는 것 같았다. 그때는 몰랐는데, 강 서쪽 끝에서 이어지는 바다의 영향이었다.

그리 높지 않은 둑에 올라가서 철로를 건너 다시 둑을 내려가 강가에 갔었다. 그 둑에는 비죽비죽 잡초가 돋아나 있었다. 딱정벌레 껍질처럼 단단하고 매끄러운, 열매인지 씨앗인지를 맺는 잡초도 있었다. 강가에는 강을 따라 늘어선 수양버들이 강물을 굽어보고 있었다. 강을 건너려면 나룻배를 타야 했다. 그 나룻배에는 소가 실려 갈 때도 있고 택시가 실려 가기도 했다.

그때 나는 세계가 둘로 갈라져 있는 줄 알았다. 사람이 사는 한강 이쪽 세계와 모래밭과 숲과 저수지만 있는 한강 저 너머 세계, 두 세계가 오직 그 나룻배로만 이어진다고 생각했다. 강 건너편에 있는데 나룻배를 놓치고, 다시는 나룻배가 오지 않으면 거기서 어떻게 살 것인가. 강 건너를 바라보면서 하염없이 강가를 헤매겠지. 그런 생각을 하면 무섭고 쓸쓸했다. 좀 더 큰 다음, 강 건너 숲 사이를 한참 걸어 들어가 초록 펌프가 있는 초등학교를 발견했을 때의 신기함이란 이루 말할 수 없었다.

여름에는 강 건너편이 우리의 놀이터였다. 여름 내내 아버지는 퇴근하자마자 우리 형제들을 데리고 한강으로 물놀이를 갔다. 흰 모래밭은 넓고도 넓었다. 아무리 사람이 많아도 충분하게 넓었다. 강물도 마찬가지였다. 어른들 아이들 강아지들이 헤엄치고 물장구치고 '주부(튜브)'를 타고 놀았다. 오리를 데리고 온 가족도 있었다. 놀다가 오리탕을 해 먹을 거라고 했다. 가엾게도….
가족들과 함께일 때에는 물놀이를 했고, 좀 커서 친구들과 왔을 때에는 숲을 헤매며 개구리도 잡고 나물을 뜯는답시고 잡풀을 채취하며 놀았다.

겨울에는 강 이편이 우리 놀이터였다. 강물이 꽁꽁 얼면 우리는 강 위에서 스케이트도 타고 썰매도 탔다. 이 강 위를 택시가 지나갈 수 있는지 아이들은 궁금했다. 그런데 나는 겨울 강을 별로 좋아하지 않았다. 겨울 강은 근처에만 가도 칼바람이 불었다. 초등학교 4학년 어느 겨울 날, 언니에게 물려받은 스케이트를 어깨에 걸치고 혼자 강으로 갔다. 아이들이 신나게 얼음을 지치고 있었다. 아이들의 발밑에서 흰 김이 무럭무럭 나는 듯했다. 내가 아는 아이들은 한 명도 눈에 띄지 않았다. 어쩔까? 나는 잠시 망설였다. 얼음 같은 바람이 뺨에 쩍쩍 달라붙는 듯했다. 너무 춥다! 나는 뒤돌아 집에 돌아왔다.

언니한테 물려받은 스케이트는 그 뒤 한 번도 내 손으로 꺼내지지 않았다. 그래서 나는 이제까지도 스케이트를 탈 줄 모른다.

어린 시절의 내게 한강이 있었던 것은 커다란 축복이었다. 더불어 우리 동네와 우리 학교 사이를 한강으로 흘러드는 맑은 개천이 가로지르고 있었던 것도 축복이었다. 그 개천에는 징검돌이 놓여 있었다. 비 오는 날에는 장화를 벗어 미꾸라지를 잡아 담기도 했다. 개천가의 거친 모래밭에는 잡풀이 우거져 있었고, 그 위 둑길에는 어느 날부터인가 천막집들이 들어서 있었다. 햇볕이 잘 드는 둑길이었다.

개천가에는 잠자리가 많았다.

고추잠자리도 아니고

흔한 밀잠자리도 아니고,

말잠자리와 실잠자리들이었다.

말잠자리는 풀잎에 잘 앉지 않았다.

주로 땅바닥이나 돌멩이 위에 앉았다.

나는 말잠자리를 한 번도 잡아보지 못했다.

근처에만 가도 날아가버렸다.

그래서 나는 말잠자리를 예사롭지 않게 생각했다.

어느 날, 우리 집 앞 골목길을 우두커니 걷다가 눈이 번쩍 떠지는 것을 발견했다. 내 행운이 믿어지지 않았다. 내 앞에 함지박을 머리에 인 아주머니가 걸어가는데, 함지박 테두리에 믿기지 않게도 꼬리에 실을 매단 말잠자리가 앉아 있는 것이 아닌가! 이제야말로 말잠자리를 손에 넣어보는구나! 나는 말잠자리 꼬리에서 내려뜨려진 실을 향해 손을 뻗으며 정신없이 아주머니의 뒤를 따랐다. 내 손이 막 실에 닿으려는 순간, 나는 무엇엔가에 발이 걸려 넘어지면서 이를 된통 부딪쳐 비명을 지르며 울음을 터뜨렸다. 어느 집에선가 담장을 고치려고 담 밑에 부려놓은 돌무더기에 발이 걸린 것이다. 뒤돌아본 아주머니는 갑자기 나타난 여자애가 입에서 피를 질질 흘리며 자기 발밑에서 울부짖자 깜짝 놀라 무슨 일이냐고 했다. 심약하고 유순해 보이는 그분의 '이를 어째?' 하시는 듯 걱정에 가득 찼던 얼굴이 떠오른다. 말잠자리는 꼬리에 실을 매단 채 날아가버렸고 내 오른쪽 송곳니 하나는 쩍, 금이 갔다.

내가 어렸을 때는 서울 아이들도 자연 속에서 살았다. 도처에 자연이 있었다.

학교 안 가니?

초등학교 1학년, 유월의 어느 날이었을 것이다. 하굣길에 반 친구를 따라 그 애 집에 간 적이 있다. 우리 아랫동네에 있는 잡화점이었다. 그 애는 집에 가자마자 나를 데리고 심부름을 나왔다. 조그만 삼각 비닐봉지에 담긴 빨강, 노랑, 주황색 주스를 쟁반에 받쳐 들고 우리 동네를 지나 더 윗동네에 있는 한 구멍가게로 배달을 간 것이다. 내가 그 애의 짐을 덜어줬는지 그저 따라가기만 했는지는 생각나지 않는다. 배달을 끝내고 돌아와서 그 애는 내게 그 삼각 비닐봉지에 든 주스를 하나 건네주고 자기도 하나 따서 마셨다.

어른 허락을 구하지 않고 스스럼없이 그렇게 했는데, 달콤한 주스를 마시면서 나는 그 애에게 존경심을 느꼈다. 싫은 기색 없이 선뜻 심부름을 나서고, 그 먼 곳까지 찾아가 가볍게 일을 마치고, 주스 한 두 봉지쯤은 자기 재량으로 처리한다! 나는 그때까지 내 또래에서 그렇게 의젓한 아이를 한 번도 본 적이 없었다. 그 애와 더불어 나도 어엿한 한 사람이 된 기분이었다.

친구 부모님의 것이 아니라 친구의 것, 그 친구에게 권리가 있는 듯 느껴지는 먹을 것을 대접받은 최초의 경험이었다. 그 친구의 부모님은 그 반듯하고 똘똘한 딸을 아주 미더워했을 것이다. '일하는 어린이'라는 말을 들으면 늘 그 친구가 생각난다. 일전에 한 생선가게에서, 다부지게 생겼지만 열두어 살이나 됐을까 싶은 남자애가 손님을 맞으며 커다랗고 싱싱한 생선을 들어 저울에 다는 등 부모님의 일을 도와주는 모습을 봤을 때에도 그 친구 생각이 났다. 생계를 짊어져야 하는 어린이는 절로 도리질을 하게 하지만, 건강한 모습으로 부모님을 도와 일하는 어린이를 보면 아름답게 느껴지고 참 흐뭇하다.

어렸을 때 내가 아는 어른들의 직업은 문방구나 잡화점이나 만화가게 아저씨, 일일공부 아저씨, 우체부 아저씨, 학교 선생님, 의사 선생님, 군인 아저씨, 무슨 일을 하는지 몰라도 미군부대에 다니는 아저씨, 미국사람 집에서 살림살이를 해주는 아주머니(요즘 말로는 도우미), 사장님, 방송국 촬영기사(옆집 아저씨), 대충 그쯤이고 누가 술집에 나간다는 말을 풍문으로 들어 알았다.

아, 또 깡패가 있었다. 그리고 텔레비전을 통해 가수나 배우, 아나운서를 알았지만 내 주위에 그런 직업을 가진 사람은 없었다.

가끔 길에서도 보이고, 집집마다 찾아다니는 탁발승들도 있었다. 그들은 내가 최초로 본 종교인이었다. '얻으러 다니는' 모습만 봤기 때문에 그들을 보면 연민이 차 올랐고, 승복차림은 완전히 다른 세계에서 온 사람의 표식인 듯 신비하고 두려웠다. 교회는 동네에도 있고 또 다니는 아이들이 많았기에 꽤 친근하게 느껴졌다.

어느 일요일, 나도 교회를 다녀볼까 하고 쫄레쫄레 교회당을 찾아갔다. 그런데 회관 문을 열자 넓은 마룻바닥에 아이들이 발 디딜 틈 없이 가득 들어차 앉아 있었다. 그래서 문을 닫고 돌아왔다. 그 어린 시절, 교회당 마루에 내가 낄 빈자리가 있었으면 나는 독실한 신자가 됐을지도 모른다. 《말세리노의 기적》이라는 소설을 보고, 꽤 컸을 때였는데도 가슴이 뭉클했으니까. 머리가 굳은 다음에 신앙심을 갖기는 어렵다.

우리 아버지는 '사장'이었다. 그런데 가정환경조사서의 아버지 직업란에, 내 생각에는 '사업가'라든가 '사장'이라고 써야 할 것 같은데 꼭 '상업'이라고 써주셨다. 나는 '상업'이란 시장이나 동네에서 장사를 하는 거로 알고 있었다. 아버지는 회사에 다니고, 그 회사의 사장이 아닌가? 이해할 수 없었다. 그래서 짐작한 것이, 아버지는 선생님이 우리를 가난하다고 생각하기를 바라신다는 거였다.

초등학교 4학년 어느 날이었다. 이유는 알 수 없지만, 그 시절 선생님들은 심부름을 시키는 것으로 학생에의 총애를 드러냈다. 수업시간에 앞문이 드르륵 열리더니 털실로 짠 겨자색 스카프를 앙증맞게 머리에 쓴 여자애가 미소를 띠고 들어와 우리 선생님께 뭔가를 건네줬다. 아이들이 수군거렸다. 옆 반에 전학 온 아이라는 것이다. 그 아이는 공립인 우리 학교에서는 보기 드물게 예쁘게 차리고 다녔다. 5학년이 되자 그 애와 나는 한 반이 되었다. 알고 보니 그 애는 가끔 아버지한테서 들은 '허 상무'의 딸이었다. 그 애는 깔깔깔 웃으며 "네가 바로…" 그다음 우리 아버지 이름을 붙여서 "00 아저씨 딸이구나!" 했다. 우리 아버지를 부르는 친근한 호칭에 나는 가슴이 쓰렸다. 아버지는 나하고 친하지 않은데, 쟤하고는 그렇게 친하게 지내나 보지?

그 애 집에 놀러가서 나는 그 부유함에 놀랐다. 계단에 양탄자가 깔린 이층집은 처음 들어가 보았다. 알 수 없었다. 쟤네 아버지는 상무고 우리 아버지는 사장인데 어째서 쟤네가 훨씬 더 잘 사는 것일까? 그때 나는 회사에도 급이 있다는 걸 몰랐다. 내가 한 번도 가본 적 없는 아버지의 직장은 화공약품 원료를 거래하는 아주 작은 회사였다. 그래서 아버지는 직업란에 '상업'이라고 쓰셨던 것이다.

내 생애 최초로 거짓말을 했을 때가 초등학교 3학년이 끝나갈 무렵이었다. 초등학교 4학년 중간 무렵부터 두서너 달, 나는 자주 교실에 가방을 팽개쳐둔 채 하교시간까지 거리를 떠돌아다녔다. 두려움과 권태감이 섞인 막막한 기분으로 무작정 쏘다녔다. 4학년 성적표에는 가정통신란에 '준비물을 잊고 와서 자주 귀가함'이라고 써 있었다.

어디서 엄마라는 말만 들려도
눈물이 난다는 사람이 있다

어디서 '엄마'라는 말만 들려도 눈물이 난다는 사람이 있다. 우리들 각자에게 '어머니' '엄마'는 자기 어머니 이름이기 때문이다. '그냥 엄마로서'만도 내게 소중한 사람인 어머니의 너무도 '억울하고 가엾게' 살아오신 한평생. 대개의 어머니들은 남편한테 사랑받으며 알콩달콩 자식 키우고 사는 게 다인 소박한 꿈을 이루지 못한다. 남편의 무능과 무책임, 혹은 부재, 그리고 철없는 자식들, 게다가 가난! 삶은, 그리고 그녀의 가족은 어쩌면 그녀를 그토록 모질게 대했던 것일까! 그럼에도 어머니들은 불행해하지 않았다. 아니, 불행할 여념이 없었다. 세상 풍파로부터 온몸으로 가족을 지키느라.

나직나직 말씀하시는 다정하고 교양 있는 어머니, 우아한 어머니, 기품 있는 어머니. 그런 고운 어머니를 둔 친구를 부러워

한 적이 있을 것이다. 살림만 하느라 세상 물정 모르고 미욱해 보이는 어머니, 궁상스런 어머니, 억척스런 어머니, 악을 쓰는 어머니, 욕쟁이 어머니. 그런 어머니 때문에 미치도록 화가 나고 부끄러운 적이 있을 것이다. 그런데, 어머니는 어머니라는 것만으로도 소중한 사람이지만, 뒤의 어머니는 거룩하기까지 한 어머니다!

어머니에 대한 회한이 큰 남자들을 종종 본다. 우리의 어머니들이 아들에게 더 희생적이어서도 그럴 것이고, '엄마한테는 그래도 되는 줄' 알고 어머니를 함부로 대한 사람이 딸보다 아들 중에 더 많아서 그런 게 아닐까 싶다. 내 세대에는 남자 형제 때문에 늘 뒷전에서 어머니와 더불어 희생하며 살아 온 여자가 많다. 어머니들이 그러신 건, '남아선호 사상' 때문이라기보다도 어쩌면 여성이 남성보다 더 잘 용서하고 이해하리라는 걸, 어머니 자신이 여성이기에 잘 아셨기 때문이리라 짚어본다. 어머니들이 반대로 하셨다면, 적잖은 이기적 아들들은 아마 어머니를 용서하지 않았으리라. 이제는 자신이 어머니가 돼 있는 딸들의 어머니에 대한 연민과 안타까움으로 그득한, 거슬러서까지 흘러넘치는 그 모성애로 아직 세상은 비옥하다.

그렇게 좋은 걸까?

    그 남자 후배는 서른일곱 살이었다. 재기발랄하고 사교적인 성격이었다. 찻집에서 이 얘기 저 얘기 나누다가, 집에서 결혼하라고 독촉하지 않느냐, 결혼에 생각이 없느냐고 물었다. "생각은 있는데, 이제는 재취 자리밖에 없어서요." 그의 대답에 우리는 깔깔깔 웃었다. 남자인, 더욱이 따르는 여자들이 많은 그에게는 농담일 수도 있는 그 말이 많은 서른일곱 살 여자의 경우 농담일 수 없다. 내 친구 하나는 그 나이 즈음에 친척들이 강권하는 몇 혼처가 재취 자리여서 여간 스트레스를 받지 않았다. 한 번은 그녀의 작은 아버지가 아이 둘 딸린 홀아비와 선을 보라고 어찌나 못살게 하시는지 이렇게 외쳤다고 한다. "결혼이 그렇게나 좋으면 작은 아버지나 한 번 더 하세요!" 부인과 멀쩡히 잘 사시는 그 양반의 아연실색 분기탱천을 달래느라 그녀 아버지께서 쩔쩔매신 이

후, 재취 자리건 초취 자리건 그녀의 친척들이 다시는 결혼 얘기를 꺼내지 않았다고 한다.

혼기 이후의 미혼 남녀 중에서는 친척들이 모이는 자리에 가기를 꺼려하는 사람이 많다. 나도 마찬가지였다. 그래서 어느 명절에는 "시집가라는 얘기는 하지 않을 테니 꼭 오너라"라는 전화를 받기도 했다. 그래도 나만 보면 그 얘기를 하고 싶어 안절부절못하는 기색이 역력했는데, 마흔 살이 넘자 비로소 편해졌다. 결혼 얘기를 꺼내는 게 피차 쑥스러운 나이가 됐던 모양이다. 그런데 지난 설 무렵에 이모님을 뵈었을 때였다. 헤어지기 전에 내 손을 꼭 잡으며 이모님이 뜬금없이 이런 말씀을 하셨다. "올해는 시집가야지!" 나, 참! 주위에 있는 식구들 보기도 민망스러운 덕담이었다. 워낙 연로하셔서 이제 판단력이 흐려지신 분인데, 내가 결혼을 안 한 상태라는 게 늘 마음에 걸리셨나 보다. 내가 알기로, 그 이모님은 그다지 행복하지 못한 결혼 생활을 하셨다. 그럼에도 내가 결혼하지 않은 것을 그렇게나 딱해 하시다니, 알 수 없는 일이다. 유교적 사고방식에 젖은 나이 든 사람이 아니더라도 대개 결혼한 사람은 결혼하지 않은 사람을 딱하게 여기는 것 같다. 결혼해서 행복한 사람뿐 아니라 결혼해서 불행한 사람도 마찬가지인 것이 늘 불가사의하다. 그들은 결혼을 안 할 수 있는 것이라고는 도저히 생각하지 못한다. 결혼은 할 수 있거나 못하는 것이라고 생각한다. 그들은 결혼이 인간의 조건이라고 생각한다. 사람들이 결혼에 대해 관심을 쏟는 것만큼 다른 사람의 복지에 관심을 보인다면 인류는 얼마나 행복해질 것인가?

몇 년 전에, 근 이십 년 만에 뵌 중학교 때 담임선생님이 "네가 결혼을 안 했다니, 내 마음이 좋지 않다" 하시며 얼굴이 어두워지셨던 일이 생각난다. 우려했던 대로 마치 내게서 불행한 인생의 증표라도 보신 듯했다. 나는 당혹스러웠다. 그 자리에 있던 기혼자 친구를 비롯해서 우리 세 사람 중 정작 가장 밝고 생기 있었던 건 바로 내가 아니었던가? 그들이 특별히 불행한 기혼자가 아니었음에도 말이다. 그러고 보니 또 한 분의 선생님이 생각난다. 그분은 중학교 때 국사 선생님이셨다. 대학을 갓 졸업하신 그분은 다른 여선생님들과 달리 털털한 차림이셨다. 표정도 엄한 것과는 거리가 먼, 방심한 듯한 나른한 얼굴이었다. 시간 내내 플라스틱 슬리퍼를 딸그락딸그락 끌면서 책상 사이를 걸으며 수업을 하셨는데, 그 슬리퍼 소리를 따라 고개를 돌리며 우리는 피식 웃곤 했다. 조그맣고 하얀 얼굴에 뿔테 안경, 느슨하게 묶은 머리, 헐렁한 스웨터와 무릎 아래로 축 늘어진 벙벙한 치마. 어린 우리가 보기엔 예쁘지 않은 모습이었지만 지금 생각하니 사랑스러운 데가 있으셨다.

공부에도 선생님들에게도 별 관심이 없었던 내가 그분께

확 마음이 쏠리게 된 일이 있었다. 어느 국사 시간, 교탁 뒤에서 그분이 교실을 둘러보며 "누구, 자 좀 빌려줘" 하셨다. 그런데 웬일인지 아무도 자를 꺼내는 기척이 없었다. 좀 불편하게 여겨질 만한 부자연스러운 시간이 잠깐 흐르고, 참다못해 내가 자를 꺼내 내밀었다. 내 자리는 교실의 삼분의 이쯤 뒤에 있었다. 일 초쯤 어색해 하다가 나는 나도 모르게 내밀고 있던 자를 선생님을 향해 던졌다. 일순 교실에 얼음장 같은 정적이 깔렸다. 선생님은 굳은 얼굴로 나를 노려보셨다. 아, 시끄러워지겠구나. 나는 낭패감으로 고개가 푹 꺾였는데, 기적처럼 아무 일도 없었다는 듯 선생님은 수업을 계속하셨다. 명민한 두뇌는 이해심이 크다! 그 후 나는 그 선생님께 내 시 노트를 보여 드리고 애정에 찬 격려의 편지를 받았다. 그리고 고등학생이 된 다음에 찾아뵈었을 때는 맛있는 단팥죽을 대접받으며 선생님의 모교에 진학하라고 권하는 말씀을 들었다. 아, 내가 그만한 성적이 못되는 게 얼마나 안타까웠던가? 그런데 내가 유일하게 경애했던 그 선생님까지도 아주 오랜만에 전화를 드렸을 때, 할 얘기는 그뿐이라는 듯 내게 결혼했느냐고 물었고 안 했다고 대답하자 심드렁히 할 말 없어 하셨다. 내 나이 스물아홉 살이었다. 그때의 외로움은 이루 말할 수 없다. 선생님들은 제자의 완성이 결혼이라고 생각하나 보다.

겨울나기

동네슈퍼에 갔다. 내가 계산대에 올려놓은 상품들을 계산하던 슈퍼총각이 왠지 머뭇거리더니 애호박을 만지작거리며 나를 바라봤다. "이게, 굉장히 비싼데요. 많이 올랐어요." "얼만데요?" 내 얼굴에 좀 불안한 기색이 떠올랐을 것이다. "천팔백 원이요." 슈퍼총각은 자기도 어이없게 생각한다는 듯 미안한 얼굴로 대답했다. "아, 비싸긴 비싸네요."라고 했지만, 나는 안심하며 고개를 끄덕였다. 겁먹은 만큼 비싸지는 않았던 것이다. 애호박은 자주 사는 식품도 아니었으니까. 그런데 집으로 오는 길에 생각해보니, 예삿일이 아니다. 거의 두 배 값인 것이다. "다 올랐어요. 소주도 올랐다니까요." 슈퍼 총각이 고개를 절레절레 흔들며 탄식했듯이 모든 물가가 가파르게 올랐으니, 우리 허름한 동네 이웃들은 어쩌면 좋단 말인가. 나처럼 애호박을 사도 그만 안 사도 그만인 게 아니라, 쌀과 반찬거리를 거르지 않고 사먹는 사람들 말이다.

어려운 시절이 닥쳐왔다. 겨울은 특히 가난한 사람들에게 고달픈 계절이다. 경제 한파를 맞은 가난한 사람들의 꽁꽁 얼어붙은 얼굴을 생각하면 가슴이 저리다. 소비를 줄여 어려움을 이겨나가자고 하지만, 이미 더 이상 줄일 데 없이 빠듯하게 살아온 사람들….

수입에서 나는 우리 동네 사람들의 평균치를 밑돌 것이다. 그런데 수입 대비 지출은 아마 최상위이리라. '지출을 줄일 생각하지 말고 수입을 늘릴 생각을 하자'가 내 인생 모토였다. 그런데, 지출도 어지간히 시간을 잡아먹는지라, 당최 수입을 늘릴 시간을 못 내왔다. 사실 나는, 그럴 형편도 못되지만, 비싼 옷을 사 입는 것도 아니고, 비싼 가구를 사들이지도 않는다. 다만, 외식을 한다든지 소소한 소비품을 사는 데에 아무 절제 없이 풍덩풍덩 쓰는 편이다. 그렇게 살다 보니, 티끌 모아 태산(?)이라고, 신용카드들 결제일마다 죽을 맛이다. 그래도 다른 날들은 세상모르고 편히 살아왔다. 그 좋았던 날들이 이제 끝나는 것인가. 지난 한두 달은 너무 힘들었다. 경제적으로 쫓기니까 시심을 불러일으키기는커녕 에세이 하나 진득이 쓸 마음의 여유가 없었다. 드디어 이달 들어 두 개의 신용카드 결제를 펑크 내면서, 신통찮은 두뇌로 열심히 생각했다. 맨 처음 든 생각은, 나는 미신 같은 거 믿지 않지만, 내가 이제 안 좋은 운세에 들어섰나, 하는 암담한 것이었다. 하지만 이내 도리질을 했다. 운세는 무슨 운세? 너 살아온 행태를 돌이켜 봐라. 이건 사필귀정이다! 그렇게 생각하니, 적이 마음이 놓이면서 침착해졌다. 그래, 이제부터는, 창조적이지는 못할망정 생산적으로 살아보자. 근면하게 글을 쓰자. 그런 기특한 결심을 하니 마음이 좀 떳떳해지면서 발등에 떨어진 불, 카드결제를 해결해볼 기운이 났다.

내가 부빌 곳이라고는 출판사들뿐인데, 출판시장도 얼어붙었다. 그런 와중에 호황을 누리고 있는 한 출판사가 떠올랐다. 하지만 거기 아는 사람이 없으니 그림의 떡. 무슨 수가 없을까 궁리하다가 수를 내줄 수 있을 듯싶은 사람이 떠올랐다. 그 출판사와 친한 다른 출판사의 편집자다. 동갑인데다 나처럼 독신이어서 친밀감을 느꼈던 사람인데, 그녀 역시 그랬던 모양이다. 몇 년 만의 연락을 그녀는 살갑게 받아줬다. 그새 그녀는 작지만 탄탄한 그 출판사의 전무가 돼 있었다. 기가 잔뜩 죽은 나와 대조적으로 그녀는 활기차 보였다. 서로 살아가는 얘기를 나누다가 그녀가 심란해 하는 얼굴로 말했다. "어떻게 그렇게 사세요. 노후 걱정도 안 되세요?" "난 내가 이렇게 오래 살지 몰랐어요." 그녀는 내 말에 어이없어 하며 웃었다. 정말 나는 내가 이 나이가 되도록 살 줄 몰랐다. 하루하루 살다 보니 쉰 살을 훌쩍 넘기고 있다. 하지만 앞으로의 최소한 10년은 예정된 미래다. 꼭 살아야 하니, 웬만하면 살게 될 것이다. 고양이 세 마리의 행불행이 내 안위에 달려 있기 때문이다. 개들을 위해서라도 나는 건강해야 하고, 열심히 일해서 돈도 벌어야 한다. 가장의 책임감 같은 거다.

"꼭 그 출판사여야 하나요? 다행히 우리 출판사도 형편이 좋아요."

모처럼 훈훈한 소식이다. 잘 나가는 필자도 아닌 내게 그녀가 베푼 후의를 나는 감지덕지 받아들였다. 독신으로 나이 든 사람은 다른 독신자에게 가족애 비슷한 걸 갖는 것 같다. 그렇더라도 그녀가 내게 도움을 준 것은 그녀에게 그럴 능력이 있고 마음이 있기 때문이다. 그런 좋은 사람이 주위에 있는 건 험난한 인생을 살아가는 데 든든한 보험을 든 것과 같다. 자, 이제 보험금을 먼저 받았으니 차근차근 붓는 일이 남았구나. 그녀와 계약한 것은 원고만이 아니다. 마음도 잊지 말고 부어야 하리라.

내 처지를 알면, 얼굴을 찌푸리겠지만, 꼭 해결해줬을 사람이 하나 있긴 하다. 내 친동생이다. 하지만 그에게는 전전번 전세금 도움도 받았고, 나로서는 정말 갚을 생각이더라도 동생으로서는 줄 생각일 테니, 손을 내밀 수가 없다. 게다가 요즘 동생네도 형편이 어려운 듯하다. 일전에 올케가 내게 일러바치듯 말했다.

"언니, 우리 월세 살아요." "왜!?" 나는 깜짝 놀랐다. 좀 넓은 데서 살고 싶어서 제 집을 전세 주고 넓은 아파트로 이사한 줄 알았는데… 전세금을 주식인지 펀드에 투자하느라 월세로 돌렸다는 것이다. 있는 주식을 빼도 시원찮은 판이라는 걸 문외한인 나도 아는데. 에구구, 속 터져. 올케를 볼 면목이 없었다. 그래도 그녀가 밝은 얼굴이니 고마울 따름이다.

내 생일이라고 동생 부부가 패밀리레스토랑에 저녁자리를 마련했다. 동생이 우거지상을 하고 있을까 봐 걱정했는데 웬일로 편해 보인다. 제 아내의 태평무사한 성정 덕분일까. 올케가 생일 선물이라고 봉투를 줬다. 20만 원이 들어 있다. 오랜만에 만나는 조카들 용돈도 주고 싶었는데, 마침 지갑이 텅 비어 있던 참이라 어찌나 반갑던지. 내가 호기롭게 애들 용돈을 주는데 동생이 인상을 쓰며 말린다. '에구구, 속 터져!' 하는 듯. 나나 동생이나 좀 무심한 성격인데, 나이 들면서 피차에 대해 연민이랄지 걱정이는 것 같다.

이것 또한 지나가리라

　언제부턴가 꽤 현실 깊숙이 발을 딛고 살고 있다. 곰곰 생각해 보니, 신용카드라는 걸 지니기 시작한 뒤부터다. 10여 년 전, 은행의 고위직에 있던 한 친구의 '빽'으로 자격미달임에도 신용카드를 발급받았다. 그게 화근이었다. 그전에도 워낙 수입이 없으니 늘 쪼들리기는 했다. 하지만 쫓기며 살지는 않았다. 그때 사진을 보니 내 얼굴이 참 평화롭고 온유하기까지 하다. 요즘 사진은 완전 찌든 노예의 얼굴이다. 돈은 사람을 자유롭게 만든다. 내 몫이 아닌 그 자유에 중독돼서 내 머리는 늘 돈 생각으로 가득하고, 내 가슴은 돈 걱정으로 짓눌려 있다. 꿈이니 이상이니 깃들일 틈이 없다. 형편에 맞지 않게 정승같이 살다가 결제일이 다가오면 개처럼 전전긍긍하는 삶이라니. '개처럼 벌어서 정승같이' 사는 사람들이 부럽달 밖에.

급기야, 별 수입 없이 몇 장의 신용카드를 가진 사람들이 대개 그렇듯 몇 달 전에 나도 막다른 길에 몰리고야 말았다. 소위 '돌려막기'로 더는 해결이 안 되는 것이다. 이제 와서, "이상하네, 정말! 대체 왜 나한테 현금서비스를 그렇게 많이 받게 책정해 놨던 거야?" 신용카드회사를 원망하며 흘겨봐야 소용없었다.

얘기를 이리 길게 늘어놓는 건, '가장 힘든 시기에 나를 일으켜 세워줬던 한 마디'로 대뜸 떠오른 말에 이해를 구하기 위해서다.

"갚으려고 너무 애쓰지 말고, 은행 대신 내 돈 사용해."

무슨 수로 언제 어떻게 갚을지 기약할 수 없으면서 카드빚의 공포를 벗으려고 큰돈을 덜컥 빌린 내게 친구가 해준 말이다. 그 무사무욕한 관대함은 내 꽉 막힌 숨통을 터주고, 내 심경에 일말의 희망을 싹틔웠다. 구차한 기분이 들지 않게 돈을 빌려주는 친구를 둔 건 행운이다. 한숨 돌리니까 이제 정말 열심히 일거리를 찾고 맹렬히 시를 써야겠다는 생각이 들었다.

그런데, "갚으려고 너무 애쓰지 말고, 은행 대신 내 돈 사용해"는 내게만 용기와 희망을 준 사적인 말이다. 어려운 형편에 그런 친구를 두지 못한 사람은 오히려 낙심케 할 수도 있겠다. 뭐, 나도 그런 친구는 딸랑 하나뿐이며, 내가 그 우정과 신뢰에 값하는 사람이 아닐지도 모른다는 의혹이 문득 들면 의기소침해진다… 아, 이것 또한 지나가리라!

솔로몬왕이 한 신하를 골탕먹이려 얼토당토않은 명령을 내렸다. 행복한 사람이 끼면 슬퍼지고 불행한 사람이 끼면 힘이 나는 반지를 찾아오라고. 신하는 반지를 찾아 헤매다 폭삭 지친 채 한 상인을 만나 하소연했다. "세상에 그런 반지가 있을까요?" 그러자 상인은 금반지에 단 세 마디 글을 새겨 건네줬다. 신하로부터 반지를 받고 솔로몬왕은 제 이마를 쳤다. 그 반지에 새겨진 글이 '이것 또한 지나가리라'라고 한다.

'이것 또한 지나가리라'라는 말이 힘이 된 적이 그토록 많았으니, 나는 그닥 행복한 사람이 아니었나 보다. 하지만 그 말이 슬픈 적도 종종 있었으니, 나는 종종 행복했던 게다.

다이어리 다이어리

지난해 제야는 동생네 가족과 보냈다. 밤 10시쯤 동생 부부와 두 조카가 케이크를 들고 내 거처엘 들렀다. 며칠 앞서 지나간 내 생일을 축하할 겸 온 것이다. 케이크에 촛불을 켜고 동생이 쑥스러워하며 선창했다. "해피~" 나는 얼른 "뉴우 이어~"라고 노래를 받았다. 우리는 킬킬거리며 생일 축하 노래 선율에 맞춰 "해피, 해피, 뉴 이어~ / 해피 뉴우 이어~" 노래했다. 나만 그런가, 가족과는 오랜만에 만나도 길게 할 말이 없다. 케이크를 먹고 차를 마시니 11시가 지났다. 얘들이 갈 생각을 안 하네. 여기서 새해를 맞으려나? 나는 좀 당황했다. 워낙 늦은 시간에 왔으니 그러는 게 당연하다는 생각을 미처 하지 못했다. 자정이 가까워지면서, 나는 친구들이 있을 카페로 달려가려던 계획을 포기하고 동생 가족이 모여 앉아 있는 텔레비전 앞으로 갔다.

새해를 10초 앞두고 시작된 텔레비전 아나운서의 카운트다운을 우리는 목청 높여 따라 셌다. 드디어 2008년. "새해 복 많이 받자!" 내가 휙 둘러보며 외치자 내 가족들은 수줍게 웃었다. 나는 제야의 종소리를 들으며 소원을 빌었다. 나 자신과 가족들과 친구들과 이런저런 아는 사람들을 짚으며 돈, 건강, 사랑, 명예를 빌다 보니 서른세 번 종소리가 너무 짧았다. 뭔가 그럴싸한 가족 행사를 가진 듯한 뿌듯함을 안고 동생 가족을 보낸 뒤, 나는 방 안을 서성거렸다. 통째로 주어진 한 해가 어찌나 작게 느껴지던지 마음이 헹댕그렁했던 것이다. 그것은 내가 지나보낸 시간의 밀도로 측정된 것이다. 알차게 촘촘히 순간순간을 살면 나날은 제 부피를 잃지 않을 것이다. 아무것으로도 채우지 못한 1년은 헛바람으로 부푼 비닐봉지처럼 납작할 수밖에 없다.

내 앞에 다이어리가 있다. 이름이 Pi로 시작되는 이태리 회사 제품이다. 내실 있고 세련된 물건을 고를 줄 아는 친구의 선물이다. 모자라지도 넘치지도 않는 크기와 두께. 비닐 커버는 무광택 주황색이다. 속지를 들춰 보니 종이 감촉이 유혹적으로 부드럽고 매끄럽다. 손끝의 간지러움이 전신에 잔물결로 퍼진다. 그리고 또, 반사하는 게 아니라 흡수하는 듯한 그 흰빛! 나는 종이들의 관능에 아뜩해진다.

왼편 맨 위에 적힌 큼지막한 날짜, 1. 그 아래에 달 이름과 요일 이름이 영어, 이태리어, 불어, 러시아어, 아랍어, 중국어로 적혀 있다.(이 세상 어디에선가 이 모든 언어들로 그 어떤 삶들이 씌어지겠지) 그것은 나를 은근히 호위해서, 숫눈에 살포시 덮인 비밀의 뜰 같은 여백 앞에 세워놓는다. 내 가슴은 어떤 조우에 대한 기대로 두근거린다. 아마도 나 자신과의 대면, 혹은 밀회… 그렇다. 다시금 일기를 쓰고 싶은 욕망이 이는 것이다. 그날그날을 돌아보고, 정리하고, 명상하는 시간을 가져보고 싶은 욕망… 그런데, 이 순수하고 고결한 여백을 채울 생각을 하니 문득 피로가 몰려온다. 정직하게, 깊이, 생각하고 판단하고, 그걸 남기는 데 대한 피로다. 나는 누군가에게 상처가 될 글도, 내 비밀을 드러낼 글도 남기고 싶지 않다. 이런즉 내겐 생일이나 원고 마감, 카드 결제일 따위나 적어놓는 세움형 탁상 달력이면 족한 거겠지! 그러니 이 너무나도 멋진 다이어리도 빈 채로 쓸모를 다하겠지. 아직은, 쓸모 있는 페이지가 훨씬 많이 남아 있다. 삶의 홀씨들을 품어 싹틔울 층층 배양토들….

덜 먹고 살면 아름다워진다

지난겨울, 거의 9년 만에 언니를 만났다. 공항에서 나를 보자마자 언니가 처음 한 말이 "정현이한테 듣던 거보다 뚱뚱하지 않은데?"였다. 정현이는 미국에 사는 언니의 이웃사람인데 육 개월 전에 서울을 다녀갔었다. "정현이가 너 쉬지 않고 먹는다더니 정말이구나"부터 시작해서, 보름 남짓 함께 지내는 동안 언니로부터 계속 들은 말이 "그만 먹어라"다. 언니 눈치를 보느라 사뭇 덜 먹는데도 그랬다. 텔레비전을 보다가 느낌이 이상해서 휙 돌아보면 연민과 혐오가 섞인 눈빛으로 언니가 나를 보고 있었다. "그만 먹어. 추해 보여." "너, 그렇게 먹으면 남들이 노처녀 욕구불만이라고 생각해." 이렇게 별말을 다 들으면 기분이 상하지만, 끌어안고 있는 과자그릇이 부끄러워져 그만 먹게 되기는 한다.

내가 많이 먹기는 많이 먹는다는 걸 나도 잘 알고 있다. 하지만 그렇게 타박을 받으면서도 식당에서 언니가 남긴 음식까지 먹어치웠던 건 식탐 때문이 아니었다. 나는 음식물을 버리는 게 싫다. 농부와 요리사의 노고나 굶주리는 사람들에 대한 가책 때문에 그러는 사람도 있겠지만, 그보다도 나는 버려진 음식물이 환경을 오염시킬 것이 싫은 것이다. 그러니 어떤 때는 입맛이 당겨서, 어떤 때는 입맛과 상관없이 늘 과식하게 되는 것이다.

과식은 그 결과도 그렇지만, 당사자나 목격자나 정서적으로 정신적으로 여간 추한 행태가 아니다. 나는 우리나라 식당들이 부디 음식량을 지금보다 3분의 1쯤 줄였으면 좋겠다. 그러면 내가 내 몸을 환경의 정화조로 사용하지 않아도 될 텐데.

두어 달 전 친구가 하는 식당에 놀러갔을 때였다. 친구가 떡국을 줬는데 작은 세숫대야만 한 그릇에 가득 담겨 있었다. "이게 일인분이니?" 내가 놀라서 묻자 그렇다고 했다. 좀 덜고 싶었지만 떡국은 시간이 지나면 불어서 다른 사람이 먹기에 적당치 않아진다. 나는 전투에 임하는 기분으로 달려들었다. 맛이 없었다고는 할 수 없지만 먹어도, 먹어도 화수분처럼 떡국이 줄지 않았다. 머리가 지끈거릴 정도로 배가 부른데 반 이상이 남아 있었다. 내 고군분투를 보며 친구가 말했다. "억지로 먹지 말고 남겨." 나도 모르게 반색하며 "그래도 돼?" 했다. 하지만 이내 "그러고 싶은데 환경을 생각하니까 말이야"라고 중얼거렸다. 친구가 피식 웃으며 핀잔을 줬다. "환경도 좋지만 네 몸 생각도 해라." 아아, 그 말은 진리였다. 왜 진작 그런 생각을 하지 못했을까? 숟가락을 놓으며 나는 광명을 찾은 기분이었다.

음식을 버리지 못하고 과식해서 찐 살을 빼려고 여태껏 내가 사용한 러닝머신과 헬스장의 에어컨과 보일러 등을 생각하니 그 또한 환경의 적이었을 것이다. 그리고 나 같은 사람이 있어서 차린 음식을 싹싹 먹어치우면 식당 주인들이 음식량 줄일 생각을 어떻게 하겠는가?

그날 이후 나는 식당에서 내 몫의 음식만 적당히 먹으려고 애쓰고 있다. 하지만 멀쩡한 음식이 접시에 남아 있는 걸 보면 여전히 괴롭다. 우리 언니를 비롯해서 다른 사람들은 음식 앞에서 어떻게 그토록 의연할 수 있는지.

20년쯤 전 친구 하나가 프랑스로 어학연수를 갔었다. 가진 돈을 몽땅 털어 간신히 연수비용을 댄 그와는 달리 다른 연수생들은 그럭저럭 풍족한 집의 자식들이었다고 한다. 연수를 시작한 지 보름쯤 후엔가 대학에서 제공하는 음식이 도무지 먹을 만하지 않다고 연수생들이 들고일어났다고 한다. 그래서 각자 식비를 돌려받았는데, 내 친구는 6개월 동안 쌀과 감자와 소금을 사서 끼니를 때우고 아낀 나머지 돈을 요긴하게 썼다고….

내 푸른 머리칼

발단은 나날이 기록을 갱신하는 내 몸무게였다. 한계다, 싶었던 체중을 몇 고비 넘으니 괜한 체중계에 정나미가 떨어져 거들떠보지 않은 지도 꽤 됐다. 그러던 차, 수시로 들락거리는 인터넷 고양이 카페에 다이어트 약을 같이 구매하자는 글이 올랐다. 하루에 한 알씩 두 달 복용했는데, 몸무게가 8kg 빠졌다는 것이다. 먹고 싶은 거 다 먹고 말이다! 자기는 한 통만 더 복용할 생각인데, 두 통을 주문하면 저렴한 가격에 살 수 있으니 같이 살 사람 없느냐는 것이다. 리플들을 보니 그 약은 착실한 다이어트 약으로 이미 명성이 자자한 모양이었다.

"저요!" 냉큼 손을 들고 싶었지만 그이는 지방에 사는 사람이었다. 우송료를 따로 들이느니 나 혼자 직접 구매하는 게 나을 성싶었다. '이제 내 힘만으로 도저히 안 돼. 한 달에 4kg! 환상적이다! 그걸 종자 체중 삼아 갱신하는 거야….' 나는 꿈에 부풀어 당장 인터넷을 통해 그 약을 취급하는 사이트를 찾아갔다. 그리고 그 약 한 통과 'new'가 빠졌을 뿐 같은 이름인 약 두 통을 주문했다. 효능은 그대론데 가격만 두 곱 비싸진 채 'new'가 됐다는 사용 후기를 참조한 선택이었다.

두 달이 다 돼가도록 체중은 전혀 줄지 않았다. 줄기는커녕, 어이없게도 2kg 더 늘었다. 설명서에 적힌, 당뇨병이나 고혈압인 사람은 먹지 말라는 경고에도 불구하고, 위험을 감수하면서 꼬박꼬박 먹었거늘! 그러고 보니 약을 복용한 날부터 식욕은 더 왕성해지고 온종일 졸음이 쏟아져서 틈만 나면 쓰러져 잤다. 불면증과 식욕감퇴와 메슥거림 등의 부작용이 있을 수 있다더니 대체 어떻게 된 노릇인가? 내 몸이 이상한 건지 약이 이상한 건지….

'효과 끝내줘요' '요요현상, 안구에 쓰나미'… 리플을 보니 다들 이렇다는데, 요요고 뭐고 1g이라도 줄었어야 말이지. 그래도 나는 우직하게 가는 사람. 석 달째에 'new'가 붙은 새 약병을 땄다. 그런데 헌 약병을 버리기 전에 살펴보니 유통기한이 지워져 있다. 새 약병은 유통기한도 선명하고 약효도 달랐다. 당장 메슥거리고 어지럽고 식은땀이 나면서 살이 벌벌 떨렸다. 병치고도 중병 증세였다. 인터넷 검색창에 약 이름과 '부작용'이란 글자를 쳐봤다. 하! 그냥 한 번 해본 건데 줄줄이 정보들이 올려져 있다.

유독성분이 들어 있다는 것이다. 한 아가씨 글이 인상적이었다. '나한테는 너무 잘해준 선배였는데, 실은 좋지 않은 사람이라는 뒷말을 듣는 기분이에요. 먹어선 안 되는 약이라고 뉴스에도 나왔죠. 나는 별 부작용 없이 편하게 날씬해졌어요.'

그녀는 이십대였다. 그래, 내가 보약을 먹을 나이지, 다이어트 약을 먹을 나이가 아니로다. 께름칙해 하면서도 거르지 않아 약이 열 알인가 남은 엊그제, 나는 소스라쳤다. 거울에 비친 내 머리칼이 마음에 걸려 안경을 쓰고 다시 보니 흰머리 천지인 것이다. 빠지라는 살은 안 빠지고 머리만 허예졌네! 이삼 일을 한여름 김매듯 흰머리를 뽑아댔더니 머리숱이 반이나 준 듯 헐렁하다. 신경증처럼 자꾸 머리에 손이 가는데, 이제는 정말 흰머리를 뽑을 때가 아닌 것 같다. 숱지던 그 시절 어디로 갔나.

정녕 염색을 해야만 한다면, 검정도 싫고 갈색도 싫다. 노랑도 싫고. 오직 흰머리를 가릴 셈으로 물들이기는 싫도다. 무슨 색으로 할까, 내 인생의 첫 염색. 보라색, 좋다. 녹색도 좋고 연두색도 괜찮아. 벚꽃 분홍, 파랑, 하늘색….

어떻게 그 껍데기를 연단 말인가

친구들과 집에서 조촐한 파티를 하기로 했다. 그 전날 밤, 술이나 몇 병 준비해 두려고 대형 마트에 갔다가 해산물 코너에서 탐스러울 만큼 실한 대합을 발견했다. 그 옛날 포장마차에서 먹었던 대합탕이 떠오르며 침이 고였다. 어른 주먹만 한 대합을 쩍 갈라 싱싱한 살을 꺼내, 그 자리에서 숭숭 썰어 작은 냄비에 담아 팔팔 끓였었지. 가격표를 보니 두 개 담긴 한 팩에 오천 원이 채 안 됐다. 싸기도! 당장 두 팩을 바구니에 담았다. 내친 김에 꽃게 탕 거리를 양념까지 포장해놓은 것도 하나 담았다.

그런데 계산대를 나서면서부터 마음이 무거웠다. 아직 살아 있는 듯 혀를 조금 내밀고 있는, 이 완강히 닫혀 있는 대합의 껍질을 내가 호락호락 열 수 있을까? 흡족하기만 했던 대합의 묵직함이 바위덩어리처럼 느껴졌다. 아뿔싸, 언젠가 석화 한 박스를 샀다가 껍질을 여는 데 실패했던 기억이 그제야 났다. 손만 잔뜩 벤 채 죄스러운 기분으로 내다 버렸지. 이거나 그거나, 그래서 그렇게 쌌던 거야. 이번엔 버릴 때가 되기 전에 인심이나 써야겠다. 일단 한 팩은 아래층에 주자꾸나. 밤이면 밤마다 퉁탕거리며 뛰노는 우리 집 고양이들 때문에 나는 아래층 집 사람들에게 늘 송구한 마음이 들었다. 정말 나는 이웃복도 많지. 한 살짜리와 열 살짜리와 열다섯 살짜리, 세 마리 개를 기르는 그 가족은 내게 눈살 한 번 찌푸리지 않았다. 새삼 고마움에 가슴이 뭉클했다. 술도 한 병 곁들여 선물해야지. 마트 봉지를 든 양손을 허우적거리며 겅중겅중 뛰다시피 계단을 올라갔지만, 아래층 집은 불이 꺼져 있었다. 자정도 안 됐는데… 나는 실망스런 기분으로 대합들을 냉장고에 넣었다.

《20 기본요리만 제대로 배워라! 요리, 다 된다》라는 길고도 긴 제목의 요리책을 펼쳐보니, 모시조개에 찬물을 부어 중불로 끓여서 꽃게탕 육수로 쓰라고 적혀 있었다. 오, 모시조개 대신 대합을 써먹을 수도 있겠군! 나는 대합을 한 개 씻어 냄비에 넣었다. 물이 펄펄 끓자 대합 껍데기가 저절로 쩍 벌어졌다. 어찌나 흐뭇하던지! 꽃게탕은 대성공이었다. 그런데 요리책에 적힌 대로, 건져뒀다가 다른 재료가 다 익은 뒤에 섞었건만, 대합 살은 맛이 없었다. 그제야 내 머리에 께름칙하게 남았던, 포장지에 찍힌 품

명이 떠올랐다. '개조개'. 대합인 줄 알았는데 개조개였던 거야.
그래서 그렇게 썼던 거야.

친구들이 돌아간 뒤 인터넷으로 '개조개'를 검색해 봤다.
어? 개조개가 곧 대합이란다. 게다가 맛없는 게 특색이라고 콕 찍
어서 밝힐 줄 알았는데, 맛도 좋단다. 허… 개조개를 맛있게 조리
하는 법 중에 하나가 마음에 와 닿았다.

도, 개조개를 다지다시피 잘게 썰어서 참기름을 넣은 냄비
에 다글다글 볶아준다.

레, 조선간장으로 간을 미리한다.

미, 조개 자체에서 물이 제법 나기 시작하면 불린 미역도 같
이 볶아주다가 물을 적당히 붓는다.

172

파, 팔팔, 제법 졸아들 때까지 푹 끓인다.

그래, 이거야! 너무너무 맛있겠다!! 개조개 미역국을 끓여서 나도 먹고 아래층 집에도 갖다 주자! 오, 이 하나 빠진 데 없는 그 커다란 조가비들, 바다의 선물. 그것도 버리지 말고 깨끗이 씻어 말려서, 예쁜 그림이라도 그려볼까? 아, 그런데… 어떻게 저 껍데기를 연단 말인가!

개 팔자

한 후배가 부암동 언덕 꼭대기 집과 인연을 맺은 지 2년이 다 돼간다. 먼저 살던 집은 직장에서 가까운 도심에 있달 뿐, 불편한 환경에 높은 월세를 물어야 했다. 그래서 계약기간이 끝나자마자 임시거처로 옮겨가 지내며 마음에 쏙 드는 집을 찾던 차에 그 집이 낙점된 것이다. 집주인 가족이 사십여 년 전부터 대를 물려 살았다고 했다. 건물은 몹시 낡았지만 전망 좋고 뜰도 제법 넓었다. 후배는 이사하기 전에 집을 전격 보수하기로 했다. 그 무렵 나도 이사했는데, 내가 살게 된 옥탑방을 보수 공사한 사람한테 신뢰를 넘어 호감을 느끼고 있었다. 자기 일에 보람과 애정을 갖고 있는 사람이었다. 유리창을 하나 더 내달라 부탁하러 우리 동네에 있는 그이의 설비사무소를 찾아갔을 때, 사진이 빼곡히 스크랩 돼 있는 앨범을 보게 됐다. "처음에는 이렇게, 눈 뜨고 볼 수 없었지요." 그게 하루하루 달라지며 말끔히 탈바꿈하기까지, 그이가 맡았던 일들의 사진으로 된 공사현장 일지였다.

내 추천으로 그이가 후배의 집수리를 맡게 됐다. 공사 기간이 한 달 남짓으로 잡혔다. 그런데 문제가 생겼다. 그 집에 전 주인이 두고 간 개가 있었던 것이다. 대문 근처 개집 앞에 짧은 끈으로 묶인 채 십 년 세월을 지낸 개였다. 아마 변변히 산책도 못했을 것이다. 오직 경비용으로 키우던 그 개를 전 주인이 없애겠다고 해서, 질색한 후배와 그 연인이 맡겠다고 나선 것이다. 아무 사랑도 받지 못한 그 개는 사납고 침울했다.

공사를 맡은 이와 후배와 그 연인과 나, 이렇게 넷이 저녁식사를 하는 자리였다. 공사하는 동안 개를 그대로 두어도 되느냐고 후배가 묻자 그이는 펄쩍 뛰며 안 된다고 했다. 난감한 일이었다. 후배가 개를 좀 무서워하는 편인데다, 그 개가 워낙 사나웠기에 옮길 엄두가 안 난 것이다. "그 개는 치워 버리고 나중에 예쁜 강아지 데려다 키우세요." 단순명쾌한 그이의 조언에 우리 셋은 애매하게 웃으며 고개를 저었다. "내가 자기 거처까지 데려다 줄게. 걸려서 데려가지 뭐." 후배 연인이 결연히 말했다. 부암동에서 삼청동까지 개를 끌고 걷겠다는 것이다. 그 누런색 믹스 발바리는 이름이 '두리'다. 두리는 마주칠 때마다 온몸의 털을 곤두세우고 짖어대다가 숨이 차면 입가를 실룩거리며 으르렁거렸다. "안 된다! 물린다!" 후배가 말리자, 그녀는 두꺼운 옷을 입고 가죽 장갑을 끼겠다고 했다.

가녀리고 새치름한 외모의 그녀가 비장한 표정으로 대차게 나오는 모습이 어찌나 예쁘던지! 여덟 살 먹은 진돗개 '산이'에 대한 그녀의 헌신이 새삼스러운 순간이었다. 몇 달 전에 그녀의 애견 산이가 심장사상충에 감염됐었다. 치료 방법은 단 하나, 비소를 주사하는 것이다. 체중 1kg당 3만원이어서 60만원을 카드로 결제하고 주사를 맞혔다고 한다. 비소의 독성을 이기지 못하고 개가 죽을 수도 있다는 설명을 의사로부터 들은 뒤였으니 심정이 어땠을까. 주사 기운에 축 늘어진 산이를 짊어 업고 일곱 정류장 거리를 걸어 집에 갔다고 했다. 하필 '냉전' 중이었던지라 연인에게 도움을 청하지도 못했고, 20kg이나 되는 개를 태워줄 택시도 잡을 수 없었던 것이다.

두리는 지금 제가 살던 집에서 터줏대감 노릇을 하며 잘 지낸다. 개 팔자도 참 제각각이다. 피서객들이 해수욕장 주변에 개를 유기하고 가는 일이 올해도 시작되고 있다.

열대야

대기가 숨을 거둔 듯 미동도 않는다. 끓는 물에서 방금 건져 낸 우거지처럼 후끈한 공기가 축 늘어져 온몸에 휘감긴다. 오죽 하면 고양이들이 그 좋아하는 옥상을 피해 들어와, 선풍기 앞에 여기저기 너부러져 있다. 나도 그 옆에 누워 장판 너머 시멘트바 닥의 냉기를 기갈 들린 듯 빨아들인다. 누운 자리가 체온으로 이 내 덥혀져서 우리 온혈동물 넷은 수시로 몸을 굴려 자리를 옮긴 다. 뒹굴뒹굴 휘적휘적 열대야를 헤쳐 나간다. "얍!" 안 되겠다. 나는 기합을 넣으며 벌떡 일어난다. 야옹이 둘이 화들짝 놀란 얼 굴로 몸을 일으키고, 다른 한 놈은 그대로 누운 채 눈도 뜨지 않고 꼬리를 탁탁 친다. 116에 전화를 걸어 시각을 확인해 보니(몇 달 전부터 내겐 시계가 없다), 이런, 이런, 벌써 9시(물론 오후!)가 돼 간다. 나는 주섬주섬 가방을 챙겨 집을 나선다.

해 있을 때 나갈 엄두가 안 나 미적거리다 헬스장을 못 간 지 며칠 됐다. 온종일 얼음과자와 청량음료를 입에 달고 살면서 꼼짝 않으니 컨디션이 말이 아니다. 헬스장은 밤 10시까지 연다. 사물함 열쇠 관리하는 영감님은 9시 넘어 헬스장에 들어서는 사람들에게 눈빛이 차가우시다. 영감님과 대면할 일이 부담스럽지만, 오늘은 도저히 그냥 넘기지 못하겠다. 좀 서늘한 듯싶은 골목 모퉁이나 계단마다 동네 어르신들이 나와 앉아 계신다. 그분들 눈에 짧은 속곳 같이만 보일 차림으로 지나가려니 영 민망하다. 나는 짐짓 바쁜 체하며 경중경중 걷는다.

헬스장이 있는 복지회관에 들어서 시계를 보니 9시 15분. 계단을 뛰어 올라가려는데 엘리베이터 문이 열린다. 한 떼의 아주머니들이 싱싱한 얼굴로 쏟아져 나온다. 지하 수영장 회원들이다. 엘리베이터를 타는 사람은 나 하나다. 나도 수영이나 해볼까. 수영장에 안 간 지 꽤 오래다. 몇 년 전에 산 예쁜 겨자색 수영복은 한 번도 입어보지 않은 채, 지금 어디 있는지도 모르겠다. 해수욕장에 가지 않고 여름을 보내면 큰일 나는 줄 알았던 시절도 있었지. 이제는 텔레비전에서 벌거벗다시피 한 사람들로 미어지는 바닷가 백사장을 봐도 영 이물스럽기만 하다. 또래 친구 중에도 해수욕 가자는 사람은 없다. 콘도나 찜질방 같은 곳이나 같이 갈 뿐이다. 어린 자식을 둔 사람들이나 청춘 남녀는 지금도 여름이면 거르지 않고 물놀이를 가겠지.

　며칠 전 낮에 엘리베이터에서 만난 꼬마가 생각난다. 마침 엘리베이터가 멎기에 올라탔는데 초등학교 1학년쯤으로 보이는 사내애가 현관에서 달려왔다. 문이 닫히고 엘리베이터가 올라가자 꼬마는 귀엽게 쉰 목소리로 외쳤다. "아, 나, 수영장 가는데! 스톱! 걸어내려 갈래요!" "응, 그래도 되는데, 이거 도로 내려가니까 타고 가." 잠시도 가만있지 못할 것 같은 꼬마는 내 말을 받아들이며 벽에 기대 한쪽 다리를 달달 떨었다. 지하층에서부터 엘리베이터를 타고 온 사십대 남자가 빙글빙글 웃으며 꼬마에게 말을 붙였다. "너 수영 잘해?" "네, 잘해요!" 꼬마가 씩씩하게 대

답했다. "그래? 아저씨도 수영 잘하는데. 아저씨는 수영 3단이야. 너는 몇 단이냐?" 꼬마는 잠시 눈빛이 흔들리더니 기염을 토했다. "저는 4단이요!" 나는 낄낄 웃으며 녀석 머리칼을 마구 헝클어뜨렸다. 그 꼬마 생각에 또 낄낄거리며 엘리베이터를 내리자 데스크 너머에 앉아 계신 영감님이 나무라는 눈빛으로 맞아주신다. 찔끔!

잠과 꿈과 바다

우선, 잔다.

다행히도 난 잠복 하나는 타고 났다. 아무리 큰 걱정거리가 있어도, 우울해도, '만사를 잊고 자자' 하고 누우면, 그 길로 찰칵 스위치가 내려지고, 잠에 빠져든다. 사실 나는 너무 자는 건지도 모르겠다. 어렸을 때부터 그랬다. 초등학교 4학년 어느 날, 갑자기 아버지가 우리 형제들에게 이제부터는 새벽 6시에 기상하라 엄명을 내리셨다. 뭐, 학교 가기 전에 공부도 하고 빠릿빠릿하게 아침을 보내는 새나라의 어린이를 만들려는 뜻이었겠다. 아마도 아버지 호령에 깼겠지만 그 기억은 없고, 책상 밑에 굴러들어가 내리 자다가 졸음으로 고통스러워하며 아버지 손에 잡아끌려 나오던 기억이 생생하다. 결국 아버지는 한 달도 안 돼 새나라 어린이 프로젝트를 접으셨다. 그러셨기 망정이지 애 하나 잡을 뻔했다.

하루 이틀도 아니고, 날이면 날마다 이른 시간에 깨야 하는 건 상상만으로도 거의 공포스럽다. 그게, 내가 직장을 못 다니는 가장 큰 이유다. 대개의 직장인들이 자고 싶은 만큼 자지 못하고 살아가는 걸 생각하면 숙연해진다. 그것만으로도 내가 그들보다 한결 구차하게 사는 게 너무도 합당하다고, 수굿이 받아들이게 된다. 그런데 잠을 양껏 자지 못하면 온종일 비실비실, 살아도 산 것 같지 않은 체질이니 나로서는 별 도리가 없다.

잠자는 걸 좋아하느니만치 나는 눕는 것도 좋아한다. 잠을 자려고 누우면, 온몸이 중력의 결박에서 풀려난다. 목뼈는 머리통의 무게를 바닥에 떠맡기며 홀가분해 하고, 머리통도 머리통대로 그제야 마음껏 데굴거리며 제 단단함을 달콤하게 맛본다. 등허리를 쭉 펴고, 팔다리를 쭉 뻗고, 바닥에 늘어지는 행복함이여. 내가 나무가 아닌 것이 얼마나 다행인가! 나무는 어쩌면 일생을 깨어 있는 게 아닐까? 불면증 속에 평생을 보내는 게 아닐까? 나무가 눕지는 못하더라도, 걸어 다닐 수라도 있다면 좋으련만. 제자리에 서 있는 것보다 걷는 것이 잠들기에 훨씬 유리하기 때문이다. 서 있을 때보다 걸을 때, 잠에 필요한 몸의 균형 잡기가 더 쉽고, 일정한 속도의 보행은 잠을 유발하기 알맞은 리듬으로 몸을 흔들어 준다. 그래서 잠이 부족한 상태로 걸으면 나는 곧잘 잠에 빠져들어, 눈을 뜨고 있으려면 머리를 한껏 뒤로 젖혀야 한다.

몽롱한 그 보행의 달콤 씁쌀함이여.

꽤 오래전 광고에 '미인은 잠꾸러기'라는 카피가 있었다. 잠을 많이 자야 예뻐진다는 것이다. 맞는 말이다. 내가 이만큼 안 잤으면, 나는 훨씬 더 못 생겨졌을 것이다. 잠을 많이 자면 미용에도 좋지만, 마음 씀씀이도 착해진다. 몸이 건강해지기 때문이다. 요컨대, 에너지가 고갈됐다고 느낄 때는 무조건 잠이 제일이다. 잠은 몸의 피로뿐 아니라, 슬픈 생각이나 어두운 생각을 걸러내 정신도 정화시킨다. 그래서 잠을 푹 자고 나면 활기가 차오른다.

내 일상은 거의 잠이나 졸음으로 채워져 있다. 나는 잠자기를 좋아한다. 잠 자체의 쾌감과 꿈꾸는 즐거움으로. 원하면 나는 연속 꿈도 꿀 수 있다. 전날 꿈에 이어 5회 정도는 꾼다. 그저 재밌기만 한 꿈도 있지만, 운수 좋으면 에스프리 충만한 꿈도 꾼다. 그런 꿈을 꾼 뒤에는 얼마나 의기충천해지는지! 좋은 잠은 내게 시의 재료도 공급해준다. 때로 나는 시를 채집하려 잠을 잔다. 그런데, 당연한 얘기겠지만, 깨어 있을 때 보고 듣고 느끼는 것에 따라 꿈이 달라진다. 내 잠을 떳떳하게 하는 꿈을 꾸게 할 생생한 풍경들이여, 에피소드들이여, 어서 오시라!

대개 나는 꿈속의 시를 밖으로 갖고 나오진 못한다. 아쉽기 그지없지만 그 경우에도, 꿈을 꾸기만 한다면 나는 생기로 팽팽해진다. 내 뇌세포와 혈관에 그것이 담겨 있기에.

바다 꿈을 꾸면 행복하다. 내가 본 가장 아름다운 바다는 꿈에서 본 바다다. 내 꿈속의 바다들은 제가끔 다 아름답다. 언젠가 읽은 꿈풀이 책에 발을 이불 밖으로 내놓고 자면 바다 꿈을 꾼다고 적혀 있었다. 종종 그렇게 하는데, 아닌 게 아니라 확률이 꽤 높다. 나는 바다를 좋아한다. 너무 오래 바다를 못 보면 그립게 바다 꿈을 꾸지만, 역시 실제로 바다를 본 직후에 바다 꿈을 더 자주 꾸게 된다. 짭쪼름한 바다 냄새를 맡고, 철썩이는 파도 소리를 들으며 수평선을 향해 맨발로 모래밭을 걸어 들어가, 가슴 가득 바다를 안고 싶다. 온종일 바다와 뒹굴다 바닷가 작은 집에서 잠들고 싶다. 철썩철썩 파도 소리를 들으며 바다 꿈을 꾸면서. 바다와 하늘이 이어진 수평선처럼, 꿈에서도 바다, 깨어서도 바다!

그렇게 한여름을 바다에서 보낸 열흘이 있었다. 돈도 없었지만 시간도 없어, 열흘 내내 민박집 이웃이 농사지어 파는 수박으로 끼니를 잇고, 아무데도 가지 않고 그 바다에서 지냈다. 배고픈 줄도 몰랐고 지루하지도 않았다. 잘 때 빼놓고는 수영복차림으로 살았던 그 바닷가, 눈 뜨면 바다로 달려갔다. 한낮에는 바글거리는 해수욕객들과 어울렸고, 해질녘에는 노을에 젖는 바다에서 혼자 물장구를 쳤다. 서울 집으로 돌아올 때는 새까만 말라깽이가 돼 있었지. 그 바닷가 마을에 함께 갔던 내 친구도 나와 똑같은 행색이었다. 쌍둥이 자매 같았던 친구. 수박을 먹을 때와 잠잘 때 빼놓고 우리는 거의 따로 지냈다. 그날의 첫 수박을 나눠 먹은 뒤 같이 바다에 들어가서 노닥거리다 어느새 각각이 되곤 했다. 우리는 서로 어디서 뭘 하고 노는지 알지 못했으며 궁금해 하지도 않았다. 아마 나와 비슷하게 지냈을 것이다. 아, 좀 달랐구나. 그 애는 낯선 사람과 곧잘 친해졌고, 또 누구라도 그 애를 좋아했다. 한번은 우리 민박집에서 떨어진 바닷가 카페를 지나가는데 그 애가 나를 부르는 소리가 들렸다. 돌아보니 그 애가 웬 청춘남녀들과 한 테이블에 앉아 상그레 웃으며 손짓했다. 나는 집밖에서 가족을 만난 듯 서먹하기도 하고, 왠지 좀 샐쭉해졌다. 그 애는 나보다 나이도 두 살 어린 것이 언니 같은 표정으로 내게 테이블 위의 돈가스를 덜어주고 아이스크림을 시켜줬다. 아마 그 값은 그 청춘남녀가 치렀을 것이다. 우리가 빈털터리임을 아무렇지도 않게 털어놨겠지. 나는 무뚝뚝한 얼굴로 돈가스도 먹고 아이스크림도 먹었다. 둘 다 꿀맛이었다.

그 열흘 동안의 바다마을을 추억하는 것은 내게 바다 꿈을 꾸는 것과 같다. 내 친구에게도 그렇겠지. 그 애가 딸과 단둘이 산 지 벌써 오륙년이 됐다. 어디 바닷가에 함께 가 하루라도 묵고 오자고 몇 번 전화가 왔는데, 그때마다 사정이 여의치 않아 다음으로 미루곤 했다. 그 사정이라는 게 뭐였는지 하나도 기억나지 않는다. 아마도 내 마음에 여유가 없었을 것이다. 스위치를 꺼도 그만인 잡다한 일들에 치어서.

바다에 가는 건 내게 잠을 자는 것, 꿈을 꾸는 것과 같다. 바다가 내 몸에 주는 쾌감과 꿈. 바다에 가면 누구와 함께라도 혼자 있을 수 있다. 같은 방에서 자도 다른 꿈을 꾸는 것처럼. 바다는 잠처럼 내게 힘을 솟게 한다. 꿈처럼 혈관 속을 출렁거리며 심장을 두근! 두근! 뛰게 한다. 여름이 다 가기 전에, 친구와 친구 딸과 바다에 가보련다.

4부
떠듬떠듬 책 읽기

그곳이 어디든

20세기 초까지 문화 예술의 중심지는 파리였다. 세계 곳곳의 예술가들이 파리에 이끌렸다. 이제 그들 예술가의 허영이 이끌리는 곳은 뉴욕이다. 예술가뿐 아니라 모든 분야 사람들의 허영이 향하는 대도시 뉴욕. 폴 오스터의 《뉴욕 이야기》는 그 대도시에서 '등한시되고 있는', 그러나 아스팔트처럼 바닥을 이루며 견고하게 존재하는 익명의 사람들을 보여준다. 그 대척점에 있는 한 이방인의 '섞여들기' 게임이라는, 제 나름의 진지한 시도로.

"폴 오스터가 《거대한 괴물》에서 나를 자신의 작품 소재로 사용했기 때문에 나는 역할을 바꾸는 걸 상상했다. 나는 그에게 허구의 인물을 하나 창조해달라고 부탁했다. 그러면 최대 1년 동안 그 인물처럼 살겠다고 했다. 그러나 그는 어떤 사람을 만드는 것에 대한 책임감이 부담스럽다며 거절했다. 그래서 나는 그가

나를 위해 만든 시나리오를 따르기로 했다."(소피 칼)

참 매력적인 핸드북 《뉴욕 이야기》는 뉴요커 폴 오스터(소설가)가 쓴 '뉴욕에서의 삶을 아름답게 만들기 위해 소피 칼이 개인적으로 사용하게 될 교육 입문서(그녀의 요구에 따른)'와 그를 실행에 옮기며 파리 여자 소피 칼(사진작가. 개념미술가)이 사진과 글로 작성한 보고문이다. 폴 오스터는 네 가지 지침을 준다. '미소짓기', '낯선 이들에게 말걸기' 다음에 놓인 '걸인과 노숙자들'에 대한 글이 특히 가슴에 와 닿는다. "당신에게 이 세상을 다시 만들라고 요구하지는 않겠어요. 다만 나는 당신이 이 세상에 대해 관심을 가지고, 자신보다 당신을 둘러싼 것들에 대해 더 많은 생각을 했으면 좋겠어요. 적어도 당신이 밖에 있을 때, 이곳에서 저곳으로 길을 걷고 있을 때만이라도요. 불행한 사람들을 모른 체하지 마세요." 폴 오스터는 권한다. 샌드위치와 담배를 준비해 다니며 필요한 사람들에게 건네라고.

"뉴욕에서는 사람들만이 등한시되고 있는 게 아니지요. 사물들도 소홀히 여겨지고 있어요"라며 내린 마지막 지침은 '한 장소를 선택하기'다. 그 지침에 따라 소피 칼이 그리니치 사거리에 있는 공중전화 부스를 관리하며 겪는 일화들을 읽노라면 웃음이 터진다. "누군가 상을 당했나 보네요. 아마도 누가 여기서 죽었나 봐요." 한 여자의 코멘트다. 공공기물 훼손이라고 시비를 거는 사람들도 있다. 매일 깨끗이 유리를 닦고 꽃을 꽂아놓고, 거울과 달력을 걸고 의자를 비치하고 사탕그릇을 놓아둔 전화부스는 한 주일 후 전화국 직원들에 의해 원래대로 돌아간다.

이 책도 그렇지만, '옮긴이의 말'에 적힌 소피 칼의 작업들은 기발하다. 길에서 주운 전화번호 수첩의 주인을 추적하며 그 속에 적힌 사람들을 만나 사진을 찍고 인터뷰를 한 〈전화번호 수첩〉, 사설탐정에게 자신을 미행하도록 해서 그 자료로 구성한 〈미행〉 등등. 하나의 우연도 허투루 놓치지 않으며 '현실과 허구를 뒤섞는 여러 방법'들에 천착하는 그녀처럼 살면 일상의 권태니 무력감이니 하는 병증이 씻은 듯 사라지리라.

두 무희

　생전 처음 감상했던 플라멩코 공연이 떠오른다. 온통 하얗게 회칠한, 천장이 낮은 동굴 모양의 좁은 공연장이었다. 어쩌면 진짜 동굴을 이용해서 만든 곳인지도 모르겠다. 두 명의 남자 가수와 세 명의 기타 주자가 벽에 붙여 놓은 작은 의자에 앉아 있었고, 검거나 붉은 의상의 무희는 아마 다섯 명이었다. 자리를 잘 잡아서 그들 하나하나를 내 약한 시력으로도 표정까지 식별할 수 있었다. 음악에 맞추어 일렬로 입장하며 무희 전원이 춤을 추는 것으로 공연이 시작됐다. 한 곡이 끝난 뒤 퇴장했던 무희들이 나이 어린 순서대로 한 명씩 들어와 기량을 뽐냈다. 표정과 몸짓이 외설스러웠다. 문외한인 내가 보기에도 감탄스런 춤이 아니었지만 그래도 눈을 떼지 못했다. 플라멩코란 야하다 할까 천하다 할까 그런 매력이 있구나, 생각하면서 어느 정도 방심하고 있었다.

그런데 마지막 무희가 등장하는 순간 나도 모르게 자세를 고치고 고개를 앞으로 뺐다. 찌르르 전율이 왔다. 늙은 무희였다. 즉각적으로는, 저 나이가 돼서도 자정 가까운 시간에 이런 고급도 아닌 공연장에서 춤을 춰 먹고사는구나! 처연한 느낌이 들었다. 앞의 무희들처럼 비리고 어여뻤던 시절을 다 보내고 이제는 그들과 힘겹게 겨루는구나. 그런데 차차 그녀의 늙음이 감동적으로 다가왔다. 그녀의 얼굴에는 교태 대신 기품에 가까운 위엄이 있었다. 물론, 춤도 다른 무희들과 급이 달랐다. 플라멩코의 진수라 할 격정과 비애가 깃든 춤사위를 보면서 아련히 그녀의 생애가 어떤 것이었는지 짐작할 수 있을 것 같았다. 그녀야말로 그 플라멩코 무리의 보석이었다.

우편으로 받은 복사지에서 바바라 모건의 무용사진 〈세계로 띄우는 편지〉를 봤다. 뷰먼트 뉴홀이 쓴 《사진의 역사》에 의하면 모건은 정서를 전달하기 위해서 때때로 '동작을 얼어붙게 하는' 기술을 쓴다고 한다. 그래서일까, 이 사진을 보면서 나는 문자 그대로 한기를 느꼈다. 나는 마사 그레엄의 얼굴을 손가락으로 가렸다. 사뭇 낫다. 손가락을 치우니 거의 고통스럽다. 그레엄의 얼굴은 포름알데히드 얼음 속의 미라 같다. 그녀의 표정은 새하얗다. 백지처럼, 백치처럼. 시체처럼 하얗다. 이 하양이 불쾌하

고 불편하다. 아무것도 받아들이지 않는, 모든 것을 거부하는, 모든 것을 튕겨내는, 텅 빈 하양. 마사 그레엄은 참 싫은 사람이다!

이런 지긋지긋한 느낌은《사진의 역사》에서 보다 선명한 사진을 보면서 사라졌다. 백만 년은 젊어진 사진이다. 선명한 그늘과 주름으로, 섬세한 흰빛에 피가 돌았다. 새 그레엄의 얼굴에는 늙음조차 생기와 위엄이 있었다. 전날 보았던 늙은 플라멩코 무희 같다. 그들은 아름다움의 화석이 아니라 화신이다. 나는 그레엄의 얼굴을 오래 들여다봤다. 무아지경의 고요가 진하고 따뜻하다. 숨소리로 촉촉하다. 그레엄이 만들어낸, 공중으로 활처럼 휘어 치켜든 왼쪽 발끝에서 오른쪽 발끝까지 드리워진 치마폭은 따뜻한 바람에 부풀어 펴지며 달려가는 구름 같다. 그레엄이 흡족해 했을 것 같은 사진이다.

사진작가의 기량은 물론, 전달 매체의 상태에 따라서 피사체에 대한 느낌이 이토록 다르다. 선명하게 살고, 선명하게 쓰자. 희미한 글은 얼마나 생을 바래게 하는가?

로만체로

하이네의 시집 《로만체로》를 읽다가 돈에 대해 생각했다.

때로 배를 타고 미국으로 가고
싶은 생각이 들기도 한다
평등한 상놈들이 사는
그 커다란 자유의 외양간으로

하이네의 시에서 미국은 자유의 상징이지만, 그가 가난에
시달리며 살았던 만큼 그 자유에의 꿈에는 가난으로부터의 자유
도 포함돼 있을 것 같다. 빚으로부터의 자유, 빚쟁이로부터의 자
유. 빚이란 얼마나 사람의 정신을, 그래서 몸까지를 옭아매는 것
인가? 가난의 음충맞은 꽃, 가난의 쓰고 떫은 열매, 가난의 지지

리도 속을 썩이는 아들딸인 빚!

　　하이네 시절로부터 최근까지도 많은 사람이 삶을 바꿔보려 미국행을 꿈꿨다. 미국 땅은 그중 적지 않은 사람들에게 상처를 주고 좌절감을 맛보게 했지만, 또한 적지 않은 사람들의 꿈이 이루어지게 했다. 미국 땅은 지구인의, 특히 제3세계 사람들의 아르카디아였다. 그런 곳이 이 세상에 한 군데쯤은 있는 것도 좋지 않은가? 닿을 수 없더라도 별이 빛나는 게 밤을 헤쳐나가는 데 힘이 되지 않는가?

　　그런데 얼마 전 해외뉴스를 접하고 나는 그 별빛이 훅 꺼져버린 느낌을 받았다. 26세인 한 미국 청년이 '이슬람 테러조직'에 의해 공개 참수당했다는 뉴스를 보면서 나는 사적이라면 사적이랄 수도 있는 감상에 빠졌다. 무슨 취할 이익이 없을까 하고 시체가 즐비하고 악행이 난무하는 그 부도덕한 전쟁판에 발 빠르게 뛰어든 청년의 하이에나 같은 천덕스러움을 말하자는 게 아니다. 위험과 공포를 무릅쓰고, 혈혈단신으로 일거리를 찾아 자기 고국을 떠날 정도의 절박함을 바로 다름 아닌 대 미국제국의 청년이 느꼈다는 것이다.

왜 그들은 고향을 버리고 떠났을까?

굶주림이나 살인죄 때문에 그런 걸까?

네 땅에 남아 성실하게 벌어먹고 살아라.

이것은 의미 있는 옛 격언이야.

누군들, 성실하게든 성실하지 않게이든, 자기 땅에 남아 벌어먹고 살고 싶지 않으랴. 그런데 이제 지구인 꿈의 땅이었던 미국이 자기 나라 사람을, 벌어먹고 살 길을 찾아 다른 나라에서 하이에나처럼 떠돌게 할 정도가 됐나 보다. 결코 미국을 좋아해서도 걱정해서도 아니면서, 이런 생각은 어쩐지 나를 암울하게 했다. 그리고 그것이 미국 전반적인 사정이건 그 청년 개인 사정이건, 그의 무모한 모험이 오직 돈 때문이라는 것이, 그에게 일어난 일과 그 전말을, 그의 일생을 어처구니없이 외롭고 가련하게 느껴지게 했다.

물론 나는 영국으로 가고 싶다.

그곳에 석탄 연기와 영국인들만 없다면.

아, 익살스런 하이네! 10여 년 전 처음으로 미국에 갔을 때, 나는 그 땅의 풍요로움과 아름다움에 좀 상처를 받았다. 우리나라가 아주 척박하고 궁핍했던 그 옛날, 미국 땅을 밟은 선조들은 얼마나 고국 동포들 생각에 가슴이 미어졌을까? 나는 미국 땅에 살고 싶었다. 그곳에 미국인들만 없다면… 은 농담이고, 그곳에 사는 사람들이 우리나라 사람들이라면 참 좋겠다고 생각했다. 견문을 넓히기 위해서나 다른 고장의 사람과 사귀기 위해서만 사람들이 자기 고향을 떠났으면 좋겠다. 그러나 지금은 가난 때문에, 탐욕 때문에, 돈 때문에 고향을 떠난다. 침략하고, 밀입국한다. 그런데 그 사람들 일은 그 사람들 일이고, 내 걱정이나 하자. 만발한 내 가난의 꽃밭! 하이네는 죽기 전에 빚을 다 갚았을까? 그의 채권자들은 그가 죽은 다음에라도 빚을 받을 수 있었을 것이다. 하이네의 시집은 계속 팔렸을 테고, 죽은 다음 그는 더 이상 돈을 쓰지 않았을 테니까. 그 미국 청년은 무엇에 쫓겨 고향을 떠났을까?

봄맞이 책

장편소설《숨어 있기 좋은 방》의 작가 신이현이 지난 1월에
낸 에세이집《알자스》를 이제 읽는다. '프랑스 어느 작은 시골 마
을 이야기'란 부제가 달려 있다. 글도 그렇지만 신이현이 찍은 사
진들도 알자스식으로 산다는 게 어떤 것인지 신선하고 맛깔스럽
게 보여준다. 아주 기분 좋은 책, 봄맞이 책으로 그만이다.

"나는 프랑스식 아침 식사를 좋아한다. 이제 금방 눈 떴는데
얼큰한 음식 냄새를 맡으면 살기도 전에 벌써 인생에 지치
는 기분이 든다. 밥이나 나물 같은 음식물을 꼭꼭 씹기
도 귀찮다. 밤새 이불 속에서 누렸던 따뜻
함을 그대로 간직하며 쾌적하게 아침
을 맞이하기에는 연하게 태운 커
피에 바싹 구워 버터를 바른 빵

두어 조각이면 된다."

알자스에 있는 시댁 마을의 사계를 재잘대는 이 책에서 신이현이 종달새처럼 노래하는 봄 정경의 앞부분이다. 그렇지! 나는 감탄하며 내 삶을 돌이켜 본다. 내 삶은 내 몸처럼 지쳐 있다. 그건 내 위장이 지쳐 있기 때문이다. 봄여름가을겨울 없이, 아침점심저녁 없이 나는 먹는다. 한밤에도 신새벽에도, 얼큰한 것 달콤한 것 기름진 것, 부드러운 것 딱딱한 것 쫄깃쫄깃한 것들을 끊임없이 먹어댄다. 며칠 전, 어떤 약 설명서를 보니까 '식간'에 복용하라고 적혀 있었다. 식간이 정확히 언제인지 생각하다가 문득 내겐 식간은 물론이고 식전이든 식후든 무의미한 말이라는 걸 깨달았다. 깨어 있는 거의 내내 입에 뭔가를 넣고 있으니 말이다. 가벼운 몸으로 봄을 맞자고 다이어트 식이섬유를 사서 두 달 가까이 먹고 있건만 오히려 1kg쯤 무거워진 요인이 거기 있을 게다. 30분 식전을 제대로 지키지 못하며 하루 세 번 먹은 그 기능식품이 장을 깨끗이 청소해서 음식물 소화흡수를 도운 게 아닌가 싶다.

《알자스》에서는 알자스의 봄은 물론이고 여름, 가을, 겨울의 모든 정경이 봄 샐러드처럼 아삭아삭 싱그럽게 펼쳐진다. 푸짐한 점심 식사를 마치고 밤도 주울 겸 발걸음을 한 가을 오후의 숲을 보자.

"이곳 숲은 그야말로 보배다. 봄이면 통통한 고사리가 지진이라도 일으킬 것처럼 무지하게 솟아오르고 여름이면 산딸기와 월귤나무 열매가 까맣게 열린다. (…) 드디어 첫 번째 버섯을 발견했다! 나뭇잎 속에 흰 꽃처럼 활짝 핀 송이버섯의 한 종류다. 소리를 내면 그 버섯이 달아나 버릴까 봐 우리는 한동안 숨을 죽인다."

한 번도 가본 적 없는 그 숲이 그리워 가슴이 뭉클하다. 생활의 맛과 멋이 듬뿍 밴《알자스》를 읽는 내내, 야무진 탐미주의자 신이현이 프랑스에서 얼마나 행복해하는지 생생히 전해진다. 신이현이 파리에 살면서도 알자스를 이렇듯 속속들이 아는 팔자가 복스럽다.

40년 가까이 서울에 살다 10년 전 시골에 내려간 선배 생각이 난다. 보름쯤 전 선배와 전화통화를 하다가 멋진 말을 들었다. 무척 따뜻한 나날이었다. 이제 겨울이 갔다고 기뻐하는 내게 선배가 말했다. "한 번은 더 추워질 거야. 이대로 봄이 되면 숙제 안 하고 개학 맞는 기분이지." 과연 이틀 후엔가 경칩도 지났는데 눈보라가 몰아치고 무지무지 추워졌다. 선배 말을 떠올리니, 자연과 더불어 사는 선배와 함께 아름다운 숙제를 푸는 듯 겨울 끝 그 추위가 견딜 만했다.

봄의 소리 왈츠

휴우… 드디어, 드디어, 입춘이 지났다. 만세! 이제 봄이다. 그 누가 뭐래도 봄이다. 얼마나 추웠던 겨울이었던가? 이 며칠 동안 마지막 피치를 올리듯 서슬 퍼렇게 찬바람이 몰아치더니, 지휘자가 공중에 치켜든 지휘봉을 획 내리긋은 것처럼, 뚝 추위가 멈췄다. 둔탱이 같은 동복 외투를 벗어던지고 동춘복 재킷으로 갈아입은 내가 희희낙락하는 걸 보고 친구는 아직 몇 번 더 추위가 올 거라고 김을 뺐다. 하지만 지금 당장 효력이 없을지라도 입춘이 지났다는 건 추위로부터의 해방문서를 손에 쥔 거나 다름없다. 모든 절기는 아름답지만, 내게 새로운 절기를 맞는 기쁨보다는 지난 절기로부터 추방되는 듯한 서글픔을 준다. 단 하나, 입춘만을 나는 오롯한 기쁨으로 맞는다.

지난겨울은 너무 추웠다. 우리나라 겨울은 삼한사온이니까

3일만 참자고 덜덜 떨면서 3일을 보냈는데 어찌된 영문인지 그 다음날부터는 더 추워지곤 했다. 절망스러웠다. 한기인 줄 안 날씨가 온기였던 것이다. 4일은 춥고 3일은 더 추웠다. 근처에 사는 고양이들 먹으라고 내놓은 먹이가 꽁꽁 얼어붙었다. 지난해 봄에 태어난 고양이들은 기가 막혔을 것이다. 뭐 이런 추운 세상이 다 있나 싶었을 것이다. 그래도 용케 겨울을 살아남았다. 지금 창 너머로 고양이 울음소리가 들린다. 도톰한 새순을 뚫고 나오는 듯 사뭇 부드럽고 달콤한 울음소리다. 그래, 그래, 그래, 이제 봄이다. 네 발톱 아래에서도 봄이 느껴질 것이다. 네가 딛고 다니는 마른풀들이 왠지 네 연한 발바닥을 퉁, 퉁, 튕겨 올리는 듯할 것이다. 이제 하루하루가 지날수록 얼마나 아름다운 날씨가 될지! 갓 태어난 지난봄에는 느껴보지 못했던 봄의 기운에 네 몸은 어지럽게 취할 것이다. 만물이 어지러울 것이다. 딴, 따안, 딴! 딴, 따안, 딴!

'음악소리에 맞추어 춤을 추세 / 쉴 새 없이 들려오는 가락과 리듬 들으며 / 나부끼는 치맛자락 한 손에 걷어쥐고 / 부드럽게 걸어보세 맵시 있게 돌아보세 / 세 박자의 아름다운 왈츠 곡에 맞추어서/ 부드럽게 걸어보세 돌아보세 / 상쾌한 이 순간이여' (브람스의 〈왈츠〉 가사)

지난봄에 태어난 고양이 아가씨들과 고양이 총각들은 이

봄에 첫 왈츠를 추게 될 것이다. 실컷 즐겨라, 봄이라는 상쾌한 순간을! 그 기억이, 다음 겨울을 견디게 해줄 것이다.

왈츠는 봄의 음악이다. (이렇게 쓰는 순간 아다모가 부른 〈지난여름의 왈츠〉가 떠오른다. 에잇!). 어쨌든 나는 봄이 되면 왈츠 곡들을 자주 듣는다. 소년 합창단이 부르는 〈남국의 장미〉나 〈아름답고 푸른 도나우〉를 떠올리니 정신이 아득해진다. 아, 왈츠 곡을 듣고 싶다. 왈츠 모음집을 찾아내 먼지 더께를 닦아내고 틀어야지. 봄을 초대해야지. 봄을 부르는 음악, 왈츠. 봄의 춤, 왈츠. 삶의 무구하고 따뜻한 기쁨으로 나부끼는 왈츠.(이렇게 쓰는 순간 레너드 코헨이 부른 〈Take this waltz〉가 떠오른다. 로르까의 시를 가사로 붙였는데 굉장히 슬프다. '에잇!'이라고 투덜거릴 수 없을 만큼)

이제 문을 활짝 열었으니 어서 오렴, 봄이여! 아, 봄날의 꿀벌 빛 햇볕을 그리는 사람들이 얼마나 많을까? 문을 꽁꽁 닫아걸고 쩔쩔 끓는 아랫목에 이불을 뒤집어쓰고 있을 때, 얼어붙은 길거리에서 외치는 행상의 호객 소리는 우리 마음을 연민과 가책으로 할퀸다. 잠깐 일어나 나갔다 오자고 생각하면서도 몸은 옴짝 달싹 않고, 멈칫하는 새에 행상의 호객 소리는 점점 멀어져 사라졌다. 그뿐인가? 꼭두새벽, 얼음가시 철망 같은 바람을 뚫고 우유니 신문이니 돌리는 오토바이 소리, 어딘지 조심스레 억눌린 듯한 목소리로 신호를 주고받는 미화원들의 웅성거림과 쓰레기

수거 트럭의 후진 소리. 우리가 대개 소리로만 기척을 느끼는 사람들은 다른 사람들보다 훨씬 더 봄을 그릴 것이다. 어느 책에선가 이런 구절을 읽었다. "겨울이 좋다고 하는 사람은 자기가 겨울을 날 준비가 된 것을 자랑하는 것이다." 나는 겨울이 싫다. 아, 한시 빨리 꿀 같은 봄볕을 처덕처덕 온몸에 바르고 싶다.

　　꿀벌을 보고 싶다. 꿀벌이 눈에 띄면 안심이다. 겨울잠에서 꿀벌들이 깨어날 때면 이미 꽃들이 어디선가 피어 있을 것이다. 봄볕 속에 혼곤히 꽃 위에 앉아 있는 꿀벌의 날개를 엄지와 검지로 살짝 쥐어보고 싶다. 그것은 아주 작고, 바삭거리는 감촉이다. 꿀벌의 몸통은 비로드 같다. 햇빛으로 짠 비로드다. 그래서 몸통에 비해 사뭇 작은 날개로도 가볍게 들어올려지는 것이다. 꿀벌은 아주 순하다. 살짝 날개를 쥐면 '어 참, 무슨 볼일이지?' 생각하는 듯 엉덩이를 조금 들썩거릴 뿐 가만히 있다. 그리고 꽃 위에 도로 놓아주면 '바쁜데, 싱겁기도' 하는 듯 날개를 좀 들썩거린 뒤 아무 일 없었다는 듯 제 볼일을 본다. 중학생이었을 때, 점심시간이면 종종 꽃밭에서 꿀벌을 잡아 그 예쁜 자태를 감상한 다음 놓아주었다. 그러면 어떤 친구들은 내가 뱀을 만지기라도 한 양 눈이 휘둥그레졌다. 문득 살짝 부풀었다 제 모양으로 돌아가던 꿀벌의 몸통이 떠오른다. 짙은 꿀빛 몸통 위에서 검은 줄무늬가 길어졌다 짧아지고, 길어졌다 짧아졌다. 어쩌면 꿀벌은 겁에 질려 온통 두근거리고 있었던 지도 모르겠다. 미안하다. 다시는 그러지 말아야지. 생각난 김에 딱 한 번만 더 해보고. 아주 오랫동안 꿀벌을 만져보지 못했다. 꿀벌이 잉잉거리는 꽃밭에 한갓지게 서성거리지 못한 세월이 그만큼 길었다는 뜻이겠다.

나는 꿀벌은 좋아하지만 다른 벌들은 좋아하지 않는다. 십 년쯤 전에 내가 사는 집 옥상에서 별 이상한 벌한테 된통 쏘인 적이 있다. 그 벌은 처음부터 께름칙했다. 어느 날 보니 웬 길쭉하고 커다란 벌이 보일러실의 알루미늄 문틀 속을 들락날락하고 있었다. 쇠붙이를 집 삼다니 별 습성이 다 있다고 생각했다. 더 이상한 건, 벌은 군집 생물로 알고 있었는데 몇 날을 봐도 저 혼자 사는 눈치였다. 광물질로만 이루어진 외계에서 온 것 같았다. 그렇게 한 달이나 지났을까. 그 무렵 베르베르란 이름의 강아지를 기르고 있었는데, 문을 열자마자 뛰쳐나가 놀던 그놈의 기척이 이상하다는 느낌이 어렴풋이 들어서 나가봤더니 옥상 한가운데 납작 웅크리고 있었다. 나는 "왜 그러니, 베르베르?" 하고 물으며 다가가서 그 옆에 쪼그려 앉았다. 다음 순간 왼쪽 팔오금 위에 불에 달군 바늘을 쿡 쑤셔 넣은 듯한 통증이 왔다. 쇼크 속에서 팔을 내려다보니 그 벌이 앉아 있었다. 나는 후들후들 떨면서 벌을 잡아 떼어냈다. 그리고 분이 나서 벌을 옥상 바닥에 팽개친 다음 팔에 꽂혀있는 벌침을 뽑았다. 당장 벌겋게 붓기 시작한 팔은 시간이 갈수록 가라앉기는커녕 이틀이 지나자 퉁퉁 부어올라 뽀빠이의 팔뚝 같아졌다. 그제야 나는 약국을 찾아갔다. 벌에 쏘이면 섣불리 침을 뽑아서는 안 된다는 걸 나는 최근에 알았다. 침 속에 들어 있는 독이 혈관에 전부 쏟아져 들어가기 때문이란다. 그래서 내 팔이 두 배 굵기가 되도록 부었던 것이다. 아프기는 또 얼마나 아팠고. 그런데 그렇게 우악스럽게 붓도록 아무 처치를 하지 않았는데도 별 후유증이 없는 걸로 미루어 그 벌이 그렇게 흉악한 벌은 아니었던 것 같다. 그리고 나를 괜히 공격한 게 아니라 정황으로 미루어 볼 때, 가만히 있는 그 벌을 우리 베르베르가 괜히 집적거려서 성이 나 있을 때 내가 접근했던 것이다. 이 집 옥상에 집을 정할 때는, 그렇게 죽어서 팽개쳐질 줄 몰랐을 것이다. 도통 어디서 뭘 하며 벌어먹고 사는지 짐작이 가지 않던, 알루미늄 문틀에 살던 그 독신벌을 떠올리니 그의 외로움이 사무치게 느껴진다.

왈츠를 틀자. 꽃피는 봄이 오면 이런저런 생명들이 찾아올 것이다. 떼로 오는 것만 아니라면 꿀벌이 아닌 벌도 상냥하게 대해야지. 처마 밑이나 뭐 문틀 정도라면. 방 안에만은 사절이다.

부모가 된다는 것

〈포즈 필로〉는 일상생활의 자잘한 아이템들을 경험에서 우러난 사유와 성찰로 풀어낸 철학 에세이 시리즈다. 그 열 번째 책, 티에리 타옹의 《예비아빠의 철학》 끝머리에서 "부모가 된다는 것은 불가피하게 윤리적이 된다는 것이다. 그것은 자기 삶에, 원칙과 도덕가치에 부합하는 방향을 부여하는 것이다"라는 말을 발견하고는 한 친구가 혀를 차며 들려준 얘기를 떠올렸다.

친구가 일하는 부서에서 고급식당에 손님을 초대한 자리였단다. 격조 있는 인테리어와 식기와 음식을 음미하며 화기애애하던 참에, 신발 한 짝이 날아와 손님의 고기접시에 떨어졌다. 근처 테이블 주위를 깔깔거리며 뛰놀던 두 아이가 힘이 뻗쳐 벗어던진 신발이 날아온 것이다. 다들 황당해 하고 있는데, 애들 부모는 이쪽을 힐끔 일별할 뿐 묵묵히 식사를 계속하더란다. 내 친구는 울컥해서, 소스가 묻은 신발짝을 들고 성큼성큼 그 테이블로 가, 실은 그 부모가 더 미웠지만, 애들을 버럭 야단쳤단다. "그러고도 왜 잘못을 빌러오지 않는 거니!" 그러자 아이엄마의 무심하고 맹하던 눈이 또록또록해지면서 빛을 내쏘더란다. "남의 애 기죽게 왜 그래요!" 21세기 초 한국의 전형적 소동이다. 거 참. 아이 기죽는 게 가장 큰 변괴인 듯 정신을 잃고 덤비는 젊은 엄마를 보면, 기죽어 죽은 귀신이 붙은 것 같다. 그 여인은 외려 봉변이라도 당한 듯 분연히 일어나 제 남편에게 "당신이 상대해!" 외치더니 애들 손을 잡아끌고 자리를 뜨더란다. 그 애들이 자라서 제 엄마 같은 망종이나 쪼다가 되지 않는다면, 그런 엄마를 창피하게 여길 텐데. 자기 자식이 최소한 남한테 욕은 안 먹는 사람으로 자라기를 바라지 않는 부모는 없을 것이다. 그 여인은 단지 좋은 부모 되는 법을 어디에서도 배우지 못한 것이다.

《예비아빠의 철학》은 저자가 첫 아이의 잉태를 알게 된 순간부터 아이가 8개월령이 될 때까지의 기록인데, 아버지라는 존재가 되는 것에 대한 고찰과 철학적 육아일기로 구성돼 있다. "아버지가 된다는 것을 상상하면 어지러웠다. 나는 매력과 혐오감을 동시에 느꼈다"에서 "이제 내가 생각하는 것은 아들의 건강과 성장, 미래에 관해서다. 내가 그토록 오래 질질 끌고 다니던 자의식과 자아는 지워졌으며, 나는 그것에 안도감을 느낀다. 어쩌면 이

것이 내가 추구하던 지혜일지 모른다"로, 거기서 다시 "우리 모두의 내면에는 아이를 갖는 방향으로 이끌리는 무언가가 있다. 그것은 인간이라는 우리 작은 존재의 편협한 제약을 비집고 흘러나가려는 일종의 생명력이다"로 이어지는 생리와 심리를 따라가며 나는 '흠, 그렇단 말이지?' 고개를 끄덕였다. 저자는 이제 자신이 철학자로서의 그 어떤 성취보다도 좋은 아빠가 되기를 더 원하는 것에 불안과 더불어 해방감을 느끼며 글을 맺는다.

내 친애하는 젊은 친구가 첫아기를 가졌다. 회사 근처로 찾아가 같이 냉면을 먹은 뒤《예비아빠의 철학》을 건네자, 그녀는 해쓱한 얼굴로 배시시 웃으며 내 작은 선물을 들여다봤다. 그녀 역시 지금은, 자기 존재의 변모에 매혹과 더불어 얼마쯤은 혐오감을 느끼는 단계일까?

인간 수컷은 필요없어

친구들과 충청북도 호숫가에 있는 콘도에 놀러가 한 밤을 묵고 왔다. 원래는 두 밤 묵기로 예정한 나들이였는데 날이 닥치자 줄인 것이다. 내 고양이들 셋 때문이다. '건강히 잘 지내고 있으렴.' 한 놈씩 끌어안고 눈 맞추며 인사하고 싶었는데, 어느 구석에 숨었는지 두 놈은 코끝도 안 보인다.

스위스 샬레식이라는 복층 콘도는 넓고 아름다웠다. 야옹이들과 같이 오고 싶은 곳이다. 거울과 짝을 이룬 콘솔이며 위층으로 올라가는 나무계단과 마룻장, 베란다 너머 나무들… 오르락내리락하며 좋아 죽을 거다! 집에 견공 둘을 두고 온 친구도 걔네 이름을 올리며 나와 똑같은 생각을 털어놓았다.

요네하라 마리는 이 심정을 잘 알 거다. 최근 일이 년 새 내가 가장 큰 호감을 갖게 된 저자가 요네하라 마리다. 의롭고 명민

하고 온화하고, 무엇보다도 그 싱싱한 유머 감각!

《인간 수컷은 필요없어》는 '독신'인 요네하라 마리네 가족이 포유류 아홉으로 얽히고설켜 사는 이야기다. 기대한 대로 자주 뭉클하고 더 자주 웃긴다. 개판이고 고양이판인 이 책을 읽으며 동물 가족이 있는 사람은 공감의, 없는 사람은 이해의 파장이 가슴 속에 깊다랗게 널따랗게 퍼질 것이다. 동물에 대한 사랑은 박애정신의 궁극이다. 박애가 인류에게 정말 좋은 것이냐는 각자 생각이 다를 것이지만.

우연과 필연

구스타프 야누흐가 지은 《카프카와의 대화》를 읽는다. 구스타프 야누흐의 아버지는 노동자재해보험공사에 다니던 카프카의 직장 동료며 카프카와 '서로 잘 아는 사이'였다.

"왜 친구는 아니에요?"

"친구가 되기에 그는 너무 소심하고 말이 없는 사람이지."

구스타프가 17세이던 1920년 3월 말, 그의 아버지는 그를 직장으로 부른다. 문학에 소양이 있는 아들을 작가로서나 한 개인으로 존경하는 카프카와 만나게 하기 위해서였다. 그날부터 구스타프는 카프카를 찾아다니고, 함께 산책하며 책을 돌려보고 많은 이야기를 나눈다. 스무 살 나이 차에도 카프카는 구스타프를 대등한 우애로 대했고, 친밀해질수록 구스타프는 카프카에 대한 이해와 사랑을 더해갔다. 프라하를 고샅고샅 누비며, 심지 깊고

총명한 청년과 다감하고 현명한 중년 작가 사이의 교류는 맑고
도 따뜻했다.

'약하고, 분명치 않은 바리톤 음성'으로 발설하는 카프카의
금쪽같은 전언들을 어리다 할 정도로 젊은 나이에 들을 수 있었
던 건 구스타프의 지복이지만, 카프카 역시 구스타프와 만나는
시간이 행복했을 것이다. 밑줄치고 싶은 카프카의 숱한 말 중에
하나만 옮기겠다.

"우연은 오직 우리의 제한된 지각 속에 있을 따름이죠. 우
연은 우리 인식의 한계를 반영한 거예요. 우연에 맞선 투쟁은 항
상 우리 자신에 맞선 투쟁이며, 우리는 이 투쟁에서 결코 이길 수
없죠."

이 구절을 읽은 건 우연이지만, 옮긴 건 우연이 아니다. 한
친구가 비슷한 말을 했기 때문이다. 그는 이 세상에 우연은 없다
고 했다. 우연과 필연은 대립되는 게 아니라 우연 자체가 필연이
라는 것이다. 그 시간에 그 공간에서 다른 일이 일어나지 않는 이
상 그건 필연이라고 할 수밖에 없다고. 다른 가능성은 처음부터
없었고, 가능성이 있었든 없었든 결국 이루어지지 않은 거 아니
냐고. 그 어떤 '우연'도 보이지 않는 인과 고리에 의해서 다 예정
된 일이라고.

"그럼 우연이란 말이 왜 있어?" 어쩐지 발끈해져서 내가 묻

자 그는 "그건 말하자면 환상이지"라고 대답했다. 어떤 일이건 정해진 대로 일어나게 돼 있다면 인간의 힘으로 할 수 있는 건 아무것도 없다. 그래서, 환상을 갖기엔 너무 명민한 카프카는 질깃 질깃한 고무줄로 온몸이 친친 감기는 듯한 소설을 쓴 것일까? 그렇다면 카프카 역시 어떤 현실이건 현실을 합리화하고 나아가서는 옹호하는, 반동적인 역사관을 가졌다는 걸까?

내가 이 책을 손에 넣은 건 우연일까? 시 심사를 위해 C선배를 만나고, 내가 청해서 함께 커피를 마시고, 《카프카와의 대화》를 사러 서점에 가는 C선배에게 내 책을 한 권 사드리고 싶어 동행하고, 그가 《카프카와의 대화》를 한 권 더 사 답례로 내게 주고… 그 뒤는 전부 한 고리로 이어져 있지만, 신문사에서 C선배와 나를 묶어 심사를 맡긴 건 순전히 우연이라고 말하려니 왠지 자신이 없다. 삶에 대한 내 불성실과 둔감함이 '필연'에 닿을 기운을 잃고 웬만한 건 다 '우연'이라 치부해버리는 건지도 모른다.

《카프카와의 대화》는 이렇게 끝난다. "1924년 5월 14일에 아버지는 자살했다. / 스무하루 날이 지난 6월 3일에 카프카가 세상을 떠났다. / 스무하루 날이 지나서… / 스무하루 날… / 스무하루… / 내 청춘의 감정과 정신의 지평선이 무너졌을 때, 내 나이는 스물한 살이었다."

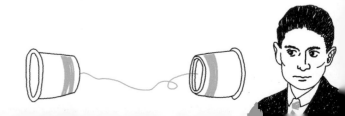

시인이 시인에게

이사하셨다구요?

이제쯤 살림도 제자리를 찾고, 심신이 가뿐하시기를 바랍니다.

제 친구 중에는, 가령 기분을 싹 바꾸고 싶다는 이유만으로 홀홀히 잘도 집을 옮기는 사람이 있습니다. 성향숙 씨도 그런 편이신지요? 저한테는 이사가 유독 무거운 일입니다. 시인 김갑수의 산문집을 읽다가, 서녘햇살이 왼쪽으로 살짝 비껴들어오는 위치에 책상을 놓는 게 좋다는 걸 알게 된 뒤, 그렇게만 하면 나도 글이 술술 써질 것 같다는 생각이 와락 들었지만 열흘이 지난 지금까지 책상을 옮기지 못하고 있네요.(저와 제 물건들은 남들의 세 배쯤 되는 중력 속에 있는 것 같아요. 피톨조차도 무겁게 가라앉아 느리게, 느리게, 느리게, 움직여요. 그러니 머리도 느리게 움직이죠. 머리가 느린 건, 어쩌면 걱정이 많아서 그런 건지도 모르겠어요. 걱정이라는 납 알갱이들이 가득 차 있어서 제가 무거운가 봐요) 하물며 이사라니!

이사라는 게 살림 전부를 헤쳐놓고 그 조각조각을 다시 조립하는 거잖아요? 제 머리로는 완전 카오스여서 누가 이사한다는 말만 들어도 뒤숭숭해요. 그런저런 물리적 압박은 포장이사로 어느 정도 던다 해도, 한 장소를 떠나기 힘들어 하는 마음의 중력이 있네요. 어느 곳이고 살다 보면 그도 익숙해지고 정들겠지만, 그곳은 제가 아직 모르는 곳이죠. 지금 사는 곳에 갓 이사 왔을 때는 좀 스산했어요. 다가구가 세 들어 사는, 낡은 건물이거든요. 전구가 나가 어둠침침한 계단으로 한밤에 다섯 층이나 올라가노라면 쭈뼛하기도 했죠. 하지만 이제는 전혀 그렇지 않아요. 그 안에 사는 사람들을 알지 못해도 각 층의 짧은 복도나 계단 모퉁이나, 그 공간의 기운을 제 몸이 이제 다 알아요. 무슨 장애물이 생긴다면 센서가 작동될 거예요. 아마 할렘 같은 위험지역 주민들도 외부 사람이 느끼는 불안감 없이 잘 지낼 거라 생각해요.

새소리가 들리네요. 날이 밝았어요. 연이틀 폭포처럼 퍼붓던 비가 간밤에 그쳐 오랜만에 창문을 열어놓고 있어요. 깨끗한 바람이 쏴아 밀려 들어와요. 우리 셋째 고양이가 창턱에서 새소리가 들리는 쪽을 향해 목을 빼고 있네요. 그쪽엔 제가 먼저 살던

집이 있어요. 쟤는 그 집에서 태어났죠. 채 젖을 떼기도 전에 어미를 잃고, 어미가 옮겨 놓은 자리인 옥상에서 새끼고양이 네 마리가 지냈어요. 그때도 장마철이었어요. 원래 저는 비를 좋아하는데, 그때는 비가 지긋지긋했어요. 폐기된 물탱크 아래와 옥상 난간 담장의 홈통 속에서 새끼고양이들이 누구한테 들킬까 숨죽이며 목숨을 부지하고 있었으니까요. 비에 젖어 밥을 먹어야 하고, 잠자리조차 보송보송하지 못할 테니까요. 생각하면 가슴이 저리기만 한 기억인데, 쟤는 그렇지만도 않은가 봐요. 비는 쟤한테 어떤, 아마 형제들에 대한 그리움을 불러일으키나 봐요. 비 오는 날 제가 바깥옥상으로 통하는 유리문을 닫아 놓으면, 그 앞에서 우리 셋째가 울어대요. 가슴 찢어지게 애절히 울죠. 걔가 나가게 문을 열 수밖에 없어요. 녀석은 비를 흠뻑 맞으며 뛰쳐나가 처마 밑에 있어요. 아, 무슨 청승인지… 고양이한테는 과거가 없다고 들었지만, 그 말은 틀려요. 고양이에게도 기억이 있고 트라우마가 있어요.(제 친구들이 이 글을 보면, "만날 또 고양이 얘기! 지겨워 죽겠어!" 이럴 거예요).

고양이 얘기가 나왔으니 말인데, 혹시 이사할 일이 생겨도 저는 여기서 반경 한 정류장 안에서나 집을 구해야 해요. 바깥에

제가 밥 먹이는 고양이들이 있거든요. 걔들을 부탁할 사람을 찾을 수 있을 것 같지가 않아요. 어제 그제는 밥을 잘 찾아먹었는지 모르겠어요. 비가 너무 억세게 와서 트럭 밑이고 어디고 죄 들이치던데, 밤에 한두 시간쯤은 쉬었다 오면 좋으련만… 고양이들도 제게 무거운 중력이고 이제 비도 무거운 중력이에요… 제 얘기만 길게 했네요. 지루하시죠? 성향숙 씨는 고양이를 키우시나요? 키우시면 좋겠어요. 익히 아시는 애길지 모르겠는데, 고양이는 사귀기로 마음먹으면 매혹당할 확률 100%인 존재랍니다. 하, 고양이를 좋아하는 사람이 한 사람 늘어나면 그만큼 세상이 가벼워질 거예요.

참, 자그맣고 우아한 체구의 남정네인 김갑수 씨는 328L 냉장고 크기의 스피커들 위치를 수시로 바꾸며 산답니다. 그는 달나라 사람인가 봐요. 성향숙 씨도 음악을 좋아하시나요? 저는 좋아해요. 우리 고양이들도 음악을 좋아해요. 어느 날 걔들과 슈베르트 가곡을 듣다가 별 상상을 다 하면서 울컥했죠. 떠돌이고양이가 터덜터덜 걷다가 문득 멈춰서는 거예요. 어떤 집 창 너머에서 들려오는 노래 소리 때문이죠. "고운 가락~ 고요히 들려오면 ~ 언제나 즐거운 맘 솟아나~" 요 대목에서 고양이는 그리움에 차서 길게 울죠. 그건 그 고양이가 언젠가 살던 집에서 자주 듣던 노래였어요. 그 집도 같이 살던 사람도 까마득히 잊고 있었는데,

여전히 잘 기억나지 않는데, 고양이는 우는 거죠. 그 고양이는 가출했다 집에 돌아가는 길을 잃었을 수도 있고, 버려졌을 수도 있어요. 하하, 요걸 시로 써보려 했답니다.

> 꼭두새벽을 난도질한다, 숙련된 도마질 소리
> 미간 찡그리던 잠은 무처럼 토막나 방바닥을 뒹군다
> 허공을 깨는 소리에 뭉친 어둠 텅텅 부서지며
> 부스스 잠깨 일어나는 바람
> 숲의 거대한 가마솥에 불을 지핀다
> 어둠의 중심부엔 뜨거운 불꽃 은근히 피어오르고
> 아랫도리부터 끓는 풀들이 서서히 흔들린다
> 울타리 이룬 검푸른 시누대 잎들 파랗게 데워지고
> 관목들의 밑둥이 숲 바람 속에 익어간다 //
> 잔디처럼 까만 머리털 쏙쏙 올라오는 日樂寺의 젊은 비구니
> 邪念處 속에서
> 질기게도 되살아나는 뜨거운 불꽃을 잠재우기 위해
> 손아귀에 나무봉을 움켜쥐고 물고기들 텅 빈 배를 두드린다

성향숙 씨 시 〈중첩〉 앞부분을 옮겨 봤어요. 근사한 시네요!
생명력으로 들끓는 여름 숲이 물큰 느껴질 정도로 생생해

요. 그런 정념으로 들끓는 머리통을 깨부술 듯 목탁을 두드리는 비구니라니요. 꼭두새벽 부엌에서 나는 도마질 소리에 꿈과 생시가 갈마들 때, 성향숙 씨는 저리도 짙푸른 분이시군요. 꿈은 시의 가장 풍요로운 텃밭이죠. 잠에서 깬 뒤 잠옷을 벗기 전, 아침밥을 먹기 전이 시 쓰기에 제일 좋은 시간인 듯해요. 성향숙 씨 짐작대로 저는 산책을 아주 좋아해요. 그런데 헬스장을 다니기 시작한 몇 해 전부터 뜸해졌네요. 걸으면 두뇌기능이 활발해진다는 건 상식이지만, 헬스장에서 러닝머신 위를 걷는 건 해당이 안 되는 것 같아요. 아무래도 러닝머신에서는 걷기보다 뛰게 돼서 더 그런가, 차라리 머릿속이 텅 비게 되죠. 그건 또 그거대로 좋은 점이 있어요. 그 동안 생각이 정지 되니까, 잡념이 싹 사라지고 머리가 쉴 수 있죠. 설사 걷더라도 헬스장에서는 풍경이 변하지 않으니까 자극이 없죠. 뭐, 그렇지 않을까요? 생각해 보니, 산책을 덜하면서부터 시 생산량이 확 준 것 같기도 하네요. 음… 정처 없이 쏘다니는 시간을 다시 가져야겠어요.

성향숙 씨의 《시인이 시인에게》 읽으면서 즐거웠습니다. 제가 성향숙 씨보다 훨씬 먼저 태어난 사람이니까 많이 결례되는 말은 아니리라 믿고 말씀드리는데, 산문 참 잘 쓰시네요.

새 터전에서 좋은 일 많이 생기시고 행복하시길 빕니다.

그리고, 활기찬 여름 보내세요! 건강, 건필!!

중년소년

학교 후배, 특히 남자 후배들을 볼 때면 애틋하다. 2년제 대학을, 기술대학도 아니고 예술대학을 나와 밥벌이를 하기가 오죽 힘들지 빤히 짐작이 가기 때문이다. 어렵사리 출판사나 회사 홍보실에 취직을 해도 승진이 잘 안 되니, 몇 년을 버티다 그만두는 일이 적지 않다. 편입을 하거나 유학을 가서 학벌이라는 상징자본을 제 것으로 만든 후배도 간혹 있지만, 대개는 그처럼 강인하지 못하다. 그래서 어쩌다 한 번 보게 되는 그들의 모습은 해가 갈수록 애잔해진다. 시인 박상우도 그런 내 후배 가운데 하나다.

얼마 전에 나온 《이미 망한 生》은 1988년에 《사람구경》, 1991년에 《물증이 있는 삶은 행복하다》라는 시집을 낸 박상우의 세 번째 시집이다. 16년 만에야… 그 16년 동안 나는 그를 여섯 번쯤 만났다. 그중 네 번은 일이 년 안쪽 일이다. 다섯 해 전엔가

동창모임에서 봤을 때 "상우야, 오랜만이다!" 반기자, 그는 심드 렁하게 "오랜만은 무슨 오랜만이에요? 몇 년 전에도 한 번 봤잖 아요" 대꾸했다. 퉁명한 말투였지만 그의 눈빛 속에 반가움이 수 줍게 아른댔다.

첫 시집을 낼 때만 해도 전도양양한, 매우 '주목받는 젊은 시인'이었던 그가 16년 동안 그 흔해터진 문예지들에서 자취가 없었던 건 어이없는 일이다. 직장도 없고 숫기도 없는, 누가 먼저 부르기 전에는 나설 줄 모르고, 수줍다 못해 때로 사납던 그의 비 사회성만이 원인은 아닐 것이다. 20년 전쯤 어느 날 인사동 한 포 장마차에서의 박상우를 떠올리니 실실 웃음이 난다. 검은 회비가 남아 2천 원인가를 그에게 돌려줘야 했는데 내가 장난으로 돌려 주지 않겠다고 했다. 그러자 그가 표독스레 이죽거렸다. 그 돈으로 콘돔이나 하나 사 쓰라는 것이다. 아, 그 순수하리만치 유치하게 약이 잔뜩 오른 얼굴이라니.

"우리 집 마당의 앵두나무는 / 올해도 꽃이 피고 / 열매를 맺었다 / 나는 / 계속 꽃도 피지 못하고 / 열매도 맺지 못한다 / 뿌리가 毒에 흠뻑 젖어 있는 듯하다"(〈태치갈리아〉에서)

발표지면을 갖지 못한 작품이 쌓이면 자가중독을 일으킨다. 아무리 자생력이 강한 작가라도 말이다. 영국 소설가 기싱이 200여 년 전에 썼듯 "유명해야 유명해질 수 있"는 게 세태라지만, 이과하다 싶으리만큼 예민하고, 고지식하다 싶으리만큼 진지한, 멀쩡한 시인을 그토록 오래 방치했다니, 폭력이다.

"비트 안은 불안하기도 하고 / 아늑하기도 하다 / (…) // 얼마나 시간이 흘렀는지 모른다 / 다만 내가 늙었다는 느낌은 든다 / 이대로 있어야만 하는가"(《무덤 속, 비트를 탈출하다》에서)

작년 이맘때 그는 비트에서 몸을 일으켜 밖을 둘러볼 생각이 났던 모양이다. 그 일단으로 내게 '중년소년의 제1신' 이란 이메일을 보냈다. 마침 그때 나는 세 마리째 고양이에 대한 부담으로 머리가 터질 것 같았다. 그래서 그에게 고양이 한 마리 기를 생각 없냐는 메일로 답했다. 그리고 곧, 너무 답답해서 한 번 해본

말이니 잊어버리라는 메일을 보냈건만, 이날 이때껏 2신이 오지 않는다. 마흔이 훌쩍 넘은 나이에도 그는 "못 길러요" 한 마디도 못할 정도로 '눙치는' 것과는 거리가 먼 인간이다.

상우야, 너 정말 어떻게 먹고 사니?

솔깃한 길고양이 이야기와 사진들

나는 주위 상황에 부주의하달까, 꽤 무신경한 편이다. 게다가 눈도 나쁘다. 그럼에도 언제부턴가 길에 있는 고양이들 기척을 놓치지 않게 됐다. 작은 바스락거림이나 바람결의 울음소리에 홀린 듯 따라가보면 거기 고양이가 있다. 그때 보게 되는 게 데구르르 구르듯 달려와 야옹거리며 내 다리에 얼굴을 비비는 어리버리한 고양이라든가, 퀭한 눈으로 말끄러미 바라보는 새끼고양이라면 마음이 무겁게 얹힌다. 그런 고양이들을 도저히 외면하지 못하고 거두는 몇 사람에 대한 소문을 들었다. 열 마리가 넘는, 심지어는 몇 십 마리 고양이를 집에 들여 거두는 사람들을 생각하면 막막하다. 버는 돈을 전부 고양이에게 쓸 수밖에 없다는데, 돈만이 아니라 시간도 온통 쏟아야 할 것이다. 고양이와 더불어 사는 게 아니고 고양이만을 위해서 살아야 하는 삶이라니! 그게 특

별히 기쁨이고 보람인 사람도 있겠지만, 어쩔 수 없이 그렇게 몰린 사람도 많을 것이다. 길고양이가 생존하기에 워낙 험악한 세상이니, 심약한 그 사람들이 방벽이 되어 떠맡을 수밖에 없게 된 것일 테다.

　고양이의 복지를 우선으로 놓자는 게 아니다. 어떤 생물도 마찬가지다. 사람들도 이러저러한 힘든 삶을 산다. 빠져나가기 힘든 곤경에 처해 굶주리기도 하고, 하늘 아래 의지할 곳 없이 외롭게도 산다. 누구도 어떻게 해줄 수 없는 일이 있다. 그건 어쩔 수 없다. 하지만 어떤 존재를 그냥 인정하고 내버려두는 건 그리

힘든 일이 아니지 않은가? 길고양이가 있다. 고양이를 무섭다며 괴롭히는 하는 사람들이 있는데, 사실 "네가 더 무섭다!" 고양이는 크기가 사람의 몇십 분의 일밖에 안 되는 작고 약한 생물이다. 아무리 수가 늘어도 인간의 일자리를 빼앗거나 삶을 위협할 것 같진 않다. 그저 고양이로서 살 뿐이다. 우리와 우연히 같은 터전에. 우리는 이사를 다니지만 고양이들은 한곳에 산다. 그들은 터줏대감이다. 길고양이는 정말 사랑스러운 이웃이지만, 모든 사람이 그 사랑스러움을 느낄 의무는 없다. 한동네에 사는 고양이를 길에서 만나 반길 사람은 반기고, 무심할 사람은 무심하고, 싫어하는 사람은 홱 외면하면서, 그냥 사는 거다. 그렇게만 돼도 우리 바로 옆에서 약하디약한 한 생명이 우리 때문에 고통당하고 죽임당하는, 부끄러운 사태는 생기지 않을 것이다. 그렇게만 된다면 누가 고양이들을 부자연스럽게 거두는 무리를 하겠는가? 길고양이를 박멸해야 한다고 야멸차게 주장하는 사람들이 사라지는 순간, 그들의 뜻대로 길고양이에게 쏟는 관심이 사람들에게 옮아갈 것이다. 동물을 대하는 마음은 사람을 대하는 마음 그대로다. 길고양이를 그대로 길에 두고 헤어지는 순간, 그 목숨을 저버리는 게 되는 현실이 끔찍하다.

　　고경원 씨의 《나는 길고양이에 탐닉한다》는 읽는 사람의 마음을 따뜻하게 적신다. 수차례 깔깔 웃었다. 모든 동네가 길고양이를 배척하는 게 아니라는 사실을 알게 돼 크게 위로가 됐다. 고양이들을 보러 그 동네에 찾아가보려고 메모도 했다. 분명히 따뜻한 기운이 도는 동네이리라. 길고양이를 배척하는 사람들이 이 책을 보고 길고양이에 대한 이해와 연민이 생길 것을 믿는다. 그들이 나만의 고양이가 아니라 우리의 고양이인 길고양이, 가장 매력적인 동물 이웃인 길고양이를 다시 보게 됐으면 좋겠다. 길고양이를 사랑하고 보호하려는 사람들의 연대감이 더 이상 비밀결사의 그것 같지 않은 세상이 오기를 바라는 간절함이 고경원 씨의 글과 사진에 고살고살 배어 있다.

'시인1'의 횡설수설 — 자전적 시론

1. 김정일 북한 국방위원장의 삼남 김정운이 후계자로 결정됐다고 한다.(낭설이라는 북한 문제 전문가들의 의견도 있지만, 아무튼 많은 매체가 그렇다고 보도하고 있다.) 만 26세. 내가 시인으로 등단한 나이이다. 신문 헤드라인을 장식하고 있는 '권력 3대 세습 공식화'. 한 집안의 삼대에 걸친 몰락을 그린 염상섭의 소설 《삼대》가 떠오른다. 북측의 삼대는… 글쎄… 외모는 점점 떨어지는 것 같다. 특이한 현상이다. 사회 상층부 사람은 미남미녀를 배우자로 받아들일 확률이 높기 때문에 그 후손들이 대개 인물이 더 훤해지지 않던가? 각설하고, 시인은 권좌와 달리 물려받을 수 없는 것이어서(아마도 물려줄 만한 것도 아니어서) 스스로, 홀로 등극(?)한다. 그 점에서 모든 시인은 나폴레옹 보나

파르트다. 신하 없는 황제요, 추종자 없는 영웅이라는 점에서 나폴레옹과 다르지만. 각설하고, 공식시인이 갓 됐을 때 나는 '내가 제일'이라는 선민의식으로 가득 차 있었다. 어찌저찌 써놓은 30편 남짓 시를 비축하고 있었을 뿐, 시에 대한 아무 방법론도 철학도 없던,(지금도 마찬가지다) 그런 게 있는지도 몰랐던(지금은 안다) 몽매한 시인의 가당치 않은 자부심이었다. 그런데 참 이상하다. 제일은커녕 '시인1'이기라도 한 것일까, 사뭇 겸허한 자세인 지금보다 그때가 훨씬 시가 잘 써졌던 것 같다.(지금이 그때보다 훨씬 더 아는 것도 많고, 더 똑똑하고, 더 착한데 말이다) 시 노트에는 누가 볼까 두려운, 낙서만도 못한 초고가 그득했지만, 그럼에도 나는 구르몽의 산문 한 구절을 기도처럼 되뇌며 의연했다. "나의 조국은 단 하나, 그것은 예술이다. 나의 신앙은 단 하나, 그것은 나 자신이다."(발설자가 누구인지 기억나지 않는 오만한 선언이 이어 떠오른다. "참된 예술가에겐 조국이 없다.")

예술로서의 시를 회의하지 않기. 자신이 예술가로서의 시인인 것을 소명으로 알기. 의심하지 말고 반성하지 말기. 그런 유치하고도 고지식하고도 소박한 신앙이 시를 쓰는 원동력이 됐던 것 같다.

2. 자전적 시론? 아, 나, 이런 거 쓰는 게 제일 싫어!! 왜냐?

쓰기 힘드니까 싫다. 싫으니까 더 못 쓰겠고, 못 쓸 것이니까 싫다. 무슨 론(論)을, 펼치건 접건, 쓸 수 있는 기능이 내 뇌에는 없다. 뭐, 아주 없지는 않겠지만… 한 1매쯤? 그쯤은 문서기능이 되는 것 같다. 그러나 20매라니!? 사람 살려! 이건 학대다. 요만큼 오기까지 문서정보 확인을 몇 번이나 했는지 모른다. 그 숫자만큼 자판을 두드렸으면 10매를 훌쩍 넘겼으리라.(신이시여, 《시와 반시》 편집동인들에게 '자전적 시론' 난을 폐지하라는 계시를 내려주소서. 우리를 긍휼히 여기소서!) 논리에 맞게 명료한 글을 읽는 건 큰 즐거움이지만, 나더러 그런 글을 쓰라 하면 괴롭다 못해 화가 난다. 도대체가 사고를 길게 이끌어가는 힘이 없는 사람한테 이런 과제(課題)는 과제(過題)다. 그러니 내가 이런 쓰잘 데 없는 한탄과 불평으로 짐을 좀 덜어내는 걸 하주(荷主)는 봐줘야 한다. 감당 못할 과적재를 왜 떠맡았냐고? 그러게 말이다….

3. 대한민국이 IMF 체제에 들어섰던 해가 내게는 경제적 호시절이었다. 김대중 정부가 꽤 많은 문인들에게 긴급 생활지원금을 천만 원씩이나 나눠준 것이다. 말하자면 극빈자 장학금 같은 거였는데, 나는 냉큼 지원금을 신청하고 하늘에서 뚝 떨어진 듯한 천만 원이 생겨 뿌듯했다. 기꺼이 받긴 했지만 사실 매우 께름칙하기도 했다. 몸이 부서져라 일하면서도 어렵게 사는 사람들이

얼마나 많은데, 빈둥거리면서 가난한 문인들만 거금을 받는 게 부당하지 않은가. 그 사람들이 알면 얼마나 억울할까.

언젠가부터 나는 생산직이나 기술직 사람, 그리고 미화원 같은 생활서비스직 사람에게 부채감 같은 걸 가지고 있었다. 그들의 노고와 생산물에 비해 예술은 사용가치가 사뭇 떨어지는 게 아닐까. 그렇다면 교환가치도 그래야 할 테다. 그런데도 그들보다 상징적으로(때로는 또 사람에 따라서는 경제적으로) 더 우대받고 있으니, 그들에게 우리는 기생하는 게 아닌가… 그건 어쩌면 내 시 생산력이 영 시원찮은 데서 기인한 생각인지도 모르겠다. 시인으로서의 존재감이 희박해져서 그런 건지도. 아무튼, 한때 유미주의자, 예술지상주의자였던 내가 그렇듯 예술 비하자가 돼 지냈다. 그런데 최근에 어떤 책에 인용된 빅토르 쉬클롭스키의 글을 보고 가슴이 뭉클했다. 아, 내가 십 년 전에만 이 글을 봤더라도!

"예술은 우리가 살아 있다는 감각을 회복하는 데 도움이 되기 위해 존재한다."

존재할 가치가 있는 것이었어, 예술은! 살아 있다는 감각을 쿡 찔러 되살려주는 시를 나도 쓰고 싶다. 우선 나부터, 살아 있다는 감각을 회복하고 싶다! 그렇거나 말거나, 우리만 거금을 거저 받은 건 낯 뜨겁고 미안한 일이었음이 틀림없다.

4. 채호기 시집 《손가락이 뜨겁다》를 읽었다. 내가 좋아하는 그의 전 시집 《수련》처럼 이번 시집도 퍽 관능적이다. 채호기 시의 관능적 묘사가 부럽다. 관능, 맨몸의 감각, 몸의 교감. 《사랑을 잃고 나는 쓰네》(기형도). 사랑을 잃으면 시를 잘 쓸 수 있지만, 관능을 잃고 나는 쓰네? 관능을 잃으면 시가 뻐덕뻐덕해진다. 관능을 잃으면 당최 어떤 사물을 대해도 말랑말랑하게 느껴지지가 않는다. '필'이 꽂혀 관통이 되지 않는다. 깊은 물 저 바닥에 어른거리는 햇빛 너머까지 결코 닿지 못한다. 관능은 '우리가 살아 있다는 감각'이다. 오직 그 쾌감만을 목표로 치닫는다면 쇄말이 될수도 있겠지만, 아, 설사 그렇게 된다 해도 얼마나 장렬한 쇄말일 것인가! 쇄말은 아무나 하나. 뭐, 채호기 시가 쇄말이라는 건 결코 아니다. 그저 그의 관능이 탐스럽다는 것이다.

5. 나는 내 시가 쇄말에 불과하게 될까 두려웠다. 지나고 보니 괜한 두려움이었다.

6. 황지우 시를 흉내 내자면, '성공한 예술가'라는 말처럼 상스러운 게 있을까?

안 이쁜 신부도 있나, 뭐? 성공한 예술가도 있나, 뭐? 언뜻 떠오르는 사람이 피카소다. 피카소는 예술가라고 할 수 있잖아?

그리고 그는 성공했잖아? 예술로 말이야. 응? 그런가? 그의 성공을 생각해보고, 그리고 그의 '성공한 예술작품'을 떠올리니… 뢴트겐으로 비춘 듯 보인다. 얼마나 간교하고 상스러운지! 그건 예술이 아니다. 나한테는 그렇게 느껴진다. 한세상 잘살다 간 피카소야 어떻든, 성공하지도 못했으면서 예술도 아닌 내 대개 시들을 생각하니 억장이 무너진다.

7. 달리 보람 있고 유용한 일을 하는 것도 아니면서 너무 게으르게 시를 쓴다는 자괴감을 가지고 있었는데, 여섯 번째 시집을 내고 나니 그와 정반대 이유로 얼굴이 화끈했다. 시집이라는 게 주옥같은, 귀한 맛이 있어야지, 너무 많다! 비천해진, 아니, 비천을 들킨 느낌이었다. 창피하다, 창피해. 어딘가 약력을 쓸 때 여섯 개나 시집 제목을 늘어놓을 생각을 하니 모골이 송연했다. 수다쟁이 같으니! 얼마나 지루하고 얼마나 시끄러운 약력인가!

시집은, 달이고 달인 끝에 황홀히 영롱해진 에센스만 모아야 한다. 한 방울 한 방울 시를 모아서. 그런데 부지런하지도 않은 내가 그렇게 많은 시집을 냈으니….

소설가들도 세상에 내놓은 자기 책에 대해 나와 소감이 비슷할 것 같다. 많이 펴내도 부끄럽지 않은 책은 실용서를 비롯한 수필집뿐이다.

8. 표현력이 없다기보다 표현거리가 없다, 는 것은 표현거리가 보이지 않는다는 뜻이고(아, 시인은 견자[見者]라 했건만!), 표현거리가 보이지 않는다는 것은 표현력이 고갈됐다는 뜻이다. 묘사력이 없다기보다 묘사거리가 없다, 는 것 역시 묘사거리가 보이지 않는다는 뜻이다. 시력(視力)이, 감각의 힘이 약해졌다는 뜻이다. 그러니까 엄밀히 말해 시력(詩歷)은 시력(視力)을 보장해주지 않는다. 그러나 나처럼 범상한(범상해진!) 시인은, 말하자면 '시인1'은 이리 말할 수밖에 없다: 시작법은 시 짓는 시간이 쌓이면 축적된다.

기성세대 블루스

수첩을 뒤적이다 보니 오래 전에 옮겨 적었던 앙드레 모루
아의 글이 눈에 띈다.

"나이를 먹는 기술이란 뒤를 잇는 세대의 눈에 장애가 아니
라 도움을 주는 존재로 비치게 하는 기술, 경쟁상대가 아니라 상
담상대라고 생각하게 하는 기술이다."

그 밑에 옮긴 건 누구 글인지 모르겠다.

"영광의 공허함을 알고 무명의 한 존재로 편안함을 얻으려
는 기분."

십 년 가까이 된 수첩인 것 같다. 아마도 노년에 대한 어떤
책을 읽던 참이었을 게다. 그럴싸한 구절이라고 생각했던 모양인
데, 뒷글은 근사하고 앞글은 서글프다. 그 무렵 나는 불현듯, 내가
'기성세대'로 지칭되는 그룹에 속한다는 사실을 소스라치게 깨

달았다. 오, '기성세대'라니! 저와 똑같은 망나니 애들과 어울려 실컷 놀고먹다 깨어 보니 당나귀가 돼버린 피노키오처럼, 나는 내 피부가 이물스러워 물어뜯고 싶었다. 하지만 미치고 팔짝 뛰어도 벗겨지지 않는 가죽이었다.

그러고 보니 나는 그 한참 전부터 나보다 어린 사람들한테 기성세대 취급, 아니, 대접을 받았었다. 단지 그 대접을 소화시키지 못하고 토해내곤 했던 것이다. 한 사진전 초대장을 받고 전시장에 갔다가 거기 모인 사람들과 어우러진 적이 있다. 사진작가나 그의 친구들이나 처음 보는 사람들이었지만 어쩐 일로 죽이 맞아 몇 시간이나 떠들고 놀았다. 그런데 헤어질 무렵 한 아가씨가 내게 사근사근 물었다. "선생님은 우리같이 젊은 사람들이랑 같이 놀면 어떤 기분이세요?" 엥? 이게 웬 짱돌인 것이냐!? 나는 그들이 나보다 어리다는 걸 전혀 의식하지 못했는데, 그들에겐 내가 '선생님'이었단 말인가. '댁 나이도 이십대 후반 아니셔? 별꼴이야' 나는 속으로 투덜거렸다. 그때 내 나이, 서른 중반을 막 넘은 참이었다.

이제는 '선생님이면 어떻고 아니면 또 어떻습니까?'하고 제법 대범하지만, 내겐 선생님이라 불리는 데 대한 거부감이 있었다. 그 거부감을 트라우마 급으로 만든 에피소드가 떠오른다. 한 출판사의 파티 자리였다. 아직 평론가 류철균으로 더 알려져 있던 소설가 이인화 씨가 내 근처에 서 있던 소설가 신경숙에게 다가와 자기가 보낸 소설책을 받았냐고 물었다. 그들 대화를 멀뚱멀뚱 듣다가 내가 건성으로 끼어들었다. "나한테는 왜 안 보내줘요?" 말을 꺼낸 직후 '괜히 실없는 말을 했구나' 생각하는데, 류철균 씨가 머쓱한 표정으로 대꾸했다. "선생님도 저한테 책 안 보내주셨잖아요." 으으, '선생님'이라니?… 젊은 사람들 얘기하는데 나이 든 사람이 주책없이 끼어든다고 '퇴박'을 먹은 기분이었다. 류철균 씨는 내가 한창 젊었을 때부터(그는 이십대 새파란 초반, 나는 아마도 갓 삼십대) 봐왔기 때문에 '선생님 취급'을 받는 게 느닷없었지만, 하긴 나이 차를 생각하면 그렇게 뜬금없는 일은 아니었다.

설이 코앞이다. 이번 설에는 친척어른 한 분을 꼭 찾아뵐 생각이다. 내가 마흔 살이 넘도록 뵐 때마다 용돈을 주시던 분이다. 언젠가부터 친척어른들이 다들 몹시 늙으셨다. '기성세대'라는 말엔 더러 부정적 뉘앙스가 담기지만, 그 두둑한 생활력을 선점한 나이층 이후의 삶, 곧 '기성세대 이후의 삶'도 있다. 운이 나쁘면(운이 좋은 건가?) 오래도록 그 삶을 살아야 한다.

이번 설에 내가 세배와 함께 처음으로 세뱃돈을 드리면, 그분은 웃으시겠지. 가슴 저린 웃음일 테다.

아트와 마트 사이

1. 내가 아주 젊었을 적, 은사님께서 내 시 한 편을 픽 대견해 하시며 말씀하셨다.

"앞으로 이보다 못한 시는 쓰지 말도록 해라."

이만큼은 쓸 수 있으니, 매번 기록을 갱신하겠다는 각오로 시를 대하라는 뜻이었다. 스타트라인에 선 단거리 주자처럼 팽팽한 긴장으로 생기가 펄펄 나던, 아, 옛날이여.

내가 슬럼프에 빠져 기죽어 있을 땐 이렇게 격려해 주셨다.

"시 한두 번 쓰고 말 것도 아니지 않니? 평생 쓸 건데…."

이런 날도 있고 저런 날도 있는 거지. 그런데 이런 날이 너무 길다. 여기가 어딘가요? 코스를 벗어난 마라톤 주자의 세월.

2. 버스가 멈춰 있는 동안 우두커니 차창 밖 가게간판을 본

다. 'GREEN ART'라… 버스가 막 출발할 때, 휙 고개를 돌려 다시 보니 'GREEN MART'다. 그러면, 그렇지! 아트에 M을 붙인 게 마트로구나. M은 머니의 약자?

나는 아트보다 마트에서 더 많은 시간을 보낸다. 내 사랑하는 대형마트들이여….

3. 조간신문 오늘의 운세, 강아지 그림 밑에서 내 생년을 찾아본다.

'조금만 더 견디면 시련에도 내성이 생긴다.'

하하하! 너무하잖아?

4. 비둘기가 유해동물로 지정(?)됐다 한다. 비둘기가 너무 많다는 것이다. 그 너무 많은 비둘기의 배설물이 건물을 부식시킨다는 것이다. 나, 참… 어차피 곧 부숴버리고 새로 지을 거면서 웬 부식 걱정? 그나저나 이제 비둘기한테 마음 편히 먹을 걸 주지 못하게 생겼다. 아마 불법이라지? 대한민국 비둘기 팔자야… 비둘기 먹으라고 옥상 난간에서 길바닥으로 밥덩이를 던질 때면 어디선가 비파라치가 사진을 찍는 게 아닐까 머리끝이 쭈뼛하다. 누가 시비를 걸어오면, 참새 먹으라고 주는 거라 해야지.

5. 지난봄 문우 몇 사람과 미국에 다녀왔다. 버클리 대학이 주관하는 시낭송회에 참가하는 게 주한 미국대사관에 제출한 내 비자 신청 사유였다. 내가 전에 미국 영주권자였기에 비자면제 프로그램을 이용하지 못하고 따로 비자를 신청해야 했다. 나한테 는 재산도 직장도 남편도 없어서, 버클리 대학 행사가 아니었으 면 비자를 받지 못했을 것이다. 흠, 버클리 측에서 그토록 원했는 데도 끝내 참석을 취소해서 내 미국 비자 획득에 기여해주신 김 승희 선배와 김혜순 선배께 감사드린다. 그리고 빈자리에 적극 나를 추천해준 최정례 시인께도 쌩큐 쏘 마치!(그런데, 미국 영사 가 크게 선심 쓴다는 듯 오만한 표정으로 번쩍 팔을 들어 내 신청서 류에 쾅! 도장을 찍던 순간의 굴욕감이 영 가시지 않는다)

주위 사람들 덕분에 버클리의 닷새는 편안하고 즐거웠다. 문정희 선생님도 최정례 시인도 최영미 시인도 나희덕 시인도 다들 영어를 잘하는 게 놀라웠다. 나만 한 마디도 못했다. 한 시간 쯤 차를 달려간 관광지의 한 서점에서도 시낭송회를 했다. 청중 이 가득했다. 낭송회를 마치고 나서 거리를 산책하는데 고운 모 습의 한 할머니가 손을 잡으며 반색했다. 할머니는 시 잘 들었다 며 서울이 한국의 수도 아니냐고 물으셨다. 어떻게 아시냐고 했 더니 '서울 올림픽'을 말씀하신다. 그러면서 내 시 얘기를 하시는 데, 한국계 미국 시인 수지 곽이 낭송한 〈그가 '영혼'이라고 말했다〉 번역시에서 'soul'을 들으시며 그것을 서울이라고 생각하신 듯했다. 서울을 영어로 Soul이라 표기하면 근사하련만… 미국 시인들은 매력적으로 시를 낭송한다. 특히 수지 곽은 발군이다.

6. 나비야옹은 내 고양이 친구다. 그녀의 집은 고양이 천국이다. 그녀는 고양이를 무지 좋아 하면서도 둘만 키운다. 가끔 다른 고양이 친구들의 탁묘 부탁을 들어주면서 고양이에 대한 갈증을 달랠 뿐 더 늘리지 않는다. 베란다 유리문이 일곱 개인 아파트에서 살기 전에는 그대로 지내겠다고 한다. 일곱 개 유리문 베란다는 그녀의 꿈 중 하나다. 눈에 띄는 아파트마다 베란다 유리문을 세보는 게 그녀의 취미 중 하나다. 내가 모르는 세상이 많다. 몇 평짜리 아파트라 하지 않고 베란다 유리문 일곱 개짜리 아파트라니. 그녀답게 어여쁜 셈법이다.

낡은 건물의 그럭저럭 너른 옥탑방. 라디오에서는 음악이 흘러나오고, 야옹이들은 여기저기 널브러져 잠들어 있고, 열린 창으로 산들바람이 불어온다. 문득 행복 비슷한 느낌이 밀려든다. 이렇게 지내기를 바라는 게, 그렇게 큰 욕심일까?

지속성, 그 빛과 그늘

지속성의 사전적 뜻은 '어떤 상태를 오래 지켜나가 계속하는 성질'이다. 세대 차원에서 보면 전승, 전통 같은 것으로 나타나고, 개인 차원에서 보면 정치적 태도나 일상 버릇, 사고방식, 가치관 같은 것으로 드러난다.

지속성은, 사물들의 속성이 흔히 그렇듯, 그 가치가 양면적이다. '일편단심'이나 '의리'라는 말이 보여주는바, 변치 않는 마음의 지속은 얼마나 미덥고 아름다운가. 젊은 시절에 '과격운동권'이었던 사람들 중에서 소위 '뉴라이트'로 돌아선 사람의 모습이 몹시 누추하게 느껴지는 건, 그들이 단순히 입지를 바꿔서만이 아니다. 사람의 생각은 바뀔 수 있다. 때로는 바뀌어야 한다. 언어가 현실을 따라가야지, 현실이 언어를 따라갈 수는 없으니. 그러니까 전향 자체가 비난받을 일은 아니다. 그러나 '전향'이라는 것에도 넘지 말아야 할 한계가 있다.

　모든 사람이 평등하게 행복한 사회를 만들기 위해 과격한 방법도 불사하겠다던 사람이 전향을 한다면 '나는 이제 마르크스주의자가 아니지만, 그래도 계속 소수자와 약자의 편에 서련다' 정도는 돼야 하는 것 아닐까? 거기서 더 나아가 식민지 시대와 군부독재 시절을 옹호하고 부자들 편에 서서 '나는 이제 이 사회의 주류가 되었다'고 으스대는 꼴은 볼썽사납다. 도대체 한 사람의 인격 속에서 그렇게 급격한 사상의 전향이 가능하기나 한 것일까? '그 사람들은 처음부터 혹시 가짜가 아니었던가' 하는 의혹이 생길 수밖에 없다. 주류에 속하기 위해서, 제 이익을 지켜내기 위해서 손바닥 뒤집듯 변심하고 변신하는 세태 속에서, 미련스러울 정도로 우직한 '초지일관'은 세상을 믿고 살아가게 하는 믿음직한 반석이다. 미더움, 듬직함, 신뢰가 지속성이 갖는 긍정적 가치이다.

　한편 '정지' '정체성' '지체' '고여 있음' 같은 건 지속성의 부정적 성질이다. 변화도 발전도 없는 답보상태가 그렇다. 예컨대 우리는 '인간문화재'로 불리는 전통문화 전수자한테 고개를 갸웃거릴 수도 있을 것이다. 살아 있는 유물, 움직이는 박물관이라고 할 그들의 가치는 인정하지만, 문화의 전승이란 게 꼭 그런 방식으로 이뤄져야 할까? 몇 백 년 전 그대로, 되도록 꼭 닮게 베

껴 간직하는 것, 그것은 옛것을 되살려낸다기보다는 박제하는 것이 아닐까? 거기에 개인적 상상력과 그가 사는 시대의 '참견'이 녹아들어야 문화의 창조적 계승이라 할 수 있지 않을까? 모든 것이 유행에 따라 금방 금방 바뀌고, 달면 삼키고 쓰면 뱉는 데 거리낌 없고, 편리하고 새롭고 경제적 이득이 있는 것에만 사람들 눈이 빨간 이 시대에, 알아주는 사람 적고 차차 잊혀져가는 옛 것을 붙들고 가난을 견디는 그분들을 생각하면 숙연하지만, 문득 그런 생각이 들기도 한다.

그것을 앞에서 언급한 전향과 관련해서도 말할 수 있다. 현실사회주의 체제가 무너진 지 20년이 가까워 오고, 그 공산주의 사회들이 매우 억압적이고 비인간적인 사회였다는 것이 만천하에 공개된 지금도, 여전히 마르크스와 레닌을 제 몸과 마음 안에 간직하고 있는 사람들이 있다. 이런 사람들은 옛 동지들 가운데 사회민주주의자로 변한 사람들까지 배신자로 간주하고 비난을 퍼붓는다. 이들은 자신의 생각과 언어를 현실에 맞춰 수리하는 것이 아니라, 변화하는 현실을 자신의 생각과 언어에 맞춰 고정시키거나 비트는 사람들이다. '일생을 무슨 무슨 주의자로 일관하며 살았다'는 표현은 흔히 고인에 대한 찬사의 맥락에서 발설되지만, 그 말이 뜻하는 것 하나는, 고인이 현실의 변화나 주위 사람들의 권고를 무시하는 독선주의자였다는 점이다.

사실 나는 지속성에 대해 그리 호감을 가진 사람이 아니다. 나는 산수도 덧셈보다 뺄셈을 좋아한다. 나는 체질 자체가 근기가 부족한 인간이다. 학교 다닐 때도 괜한 결석이 잦았고, 지각 또한 예사였다. '잦았다'라… 성실한 학생의 척도인 교실 지키기에 있어서, 그러니까 나는 '지속적인 불량소녀'였던 셈이다. 그래도 생각해보니 내가 꽤 오래 계속하는 것이 몇 가지 있다. 많은 사람이 회원증을 끊어놓고 며칠 다니다 말기 일쑤인 헬스장을 6년여 계속 다닌다든지, 30년째 시를 쓴다든지… 그런데 그게 내가 무슨 심지가 굳어서 그런 게 아니다. 건강이나 미용이나 생계 등 당면한 필요가 그동안 그치지 않았던 것뿐이다. 그러니, 시간이 아무리 가도 그 자리이지, 성공과는 인연이 먼 인생인 것이다. 어떤 일에 성공하려면 지속적 노력이 필요하고, 그 성공을 유지하기 위해서도 지속적 노력을 해야만 한다.

　곰곰 생각해보면 보면 우리는 대부분 지속적인 것에 편안함을 느끼는 것 같다. 아마 지속적인 것이 익숙한 것이기 때문일 것이다. 그래서 200여 년 전 어떤 영국 소설가는 "유명해지려면 유명해야 한다"는 말을 했고, 지난 세기의 어느 프랑스 문학평론가는 이런 고백을 하기도 했다. "한 번 가본 레스토랑 음식이 맘에 들면 그 레스토랑을 계속 찾게 되듯, 어떤 작가에게 한 번 호감을 가지면 그 작가의 작품은 계속 읽게 된다."

하찮은 것에 시간 탕진하기

글쎄… 우선 떠오르는 게 인터넷이다. 지난 2년 남짓 인터넷 고양이 동호 카페에 푹 빠져 지냈다. 심신 멀쩡한 시간을 죄 그 카페에서 노닥거리다 보니, 멀쩡할 시간이 온데간데없어졌다. 뭔 시간이 그리 술술 가는지… 너무 피곤해서 혼절할 지경이 돼서야 간신히 로그아웃하고 폭 쓰러져 잤다. 그리 살다 보니 그 좋아하는 헬스장도 걸핏하면 안 가고, 그 좋아하던 미드도 볼 생각이 안 나고, 친구들도 못 만나고, 세수조차 거르기 일쑤였다. 내내 우적우적 뭔가를 씹어 삼키면서 컴퓨터 앞에 앉아 시간과 기력을 탕진했다. 당최 시가 깃들일 여건이 아니었다. 시를 대면할 물리적 시간 자체가 나지 않은 건 물론이고, 끊임없이 들어오는 카페 소식으로 뇌세포들이 퉁퉁 부어 시를 포맷할 여지가 없었다. 게다가 2차 감염이랄까, 이게 위험한 건데, 내가 꿈에도 되고 싶은 부자 상속녀도 아닌데 이 모양으로 살았으니 경제상황 또한 극악무도해졌다. 내가 생각이라는 걸 할 때는 거의 돈 생각이다. 대체 이게 시인의 머릿속이란 말인가? 쩝….

하이쿠 시인 타네다 산토카는 오직 시에 정진하자고 가족을 버려두고 동경으로 갔다. 거기서 그는 5년여 시 한 줄 못 쓰고 파락호로 지냈다. 몸은 가족을 떠났지만 마음은 떠나지 못했던 것이다. 가족과 재회하고 사람답게 살 만하게 갱생하자마자, 그는 진짜 모든 것을 떨쳐버리고 아예 출가했다. 사람 구실을 하고 살면서는 시를 쓸 자신이 없었기 때문이다. 그는 죽게 될 때까지 유랑걸식했다. 시를 써서 행복해 하면서.

꼭 그렇게까지 해야 시를 쓸 수 있는 것일까? 아마도, 그렇다. 시처럼 질투가 많은 애인은 없다지. 유일한, 그게 불가능하다면 제1의 자리에 시를 두어야 하는데….

글 황인숙

1958년 서울에서 출생하였으며, 서울예대 문예창작과를 졸업하였다. 1984년 경향신문 신춘문예에 시 〈나는 고양이로 태어나리라〉가 당선되면서 시단에 데뷔했고, 동서문학상(1999)과 김수영문학상(2004)을 수상했다.

그림 이정학

국민대학교 시각디자인과를 졸업하고 문화일보사에 입사하여 그래픽 디자인과 삽화를 맡고 있다. 여행전문지《Travie》에 카툰 여행기 〈라이카의 낯선 여행〉을 연재하는 등 여러 매체에 만화와 일러스트레이션을 그리고 있다.
colliclife@naver.com

1판 1쇄 발행일 2010년 7월 20일 | **1판 2쇄 발행일** 2011년 5월 1일 | **글** 황인숙 | **그림** 이정학 | **펴낸이** 임왕준 | **편집인** 김문영 | **디자인** 디자인 이숲 | **펴낸곳** 이숲 | **등록** 2008년 3월 28일 제301-2008-086호 **주소** 서울시 중구 장충동1가 38-70 | **전화** 2235-5580 | **팩스** 6442-5581 | **홈페이지** http://www.esoope.com | **e-mail** esoope@korea.com | **ISBN** 978-89-94228-05-1 03810 ⓒ 황인숙, 2010, printed in Korea.